Gunter Schoß

THEODOR FONTANE
EIN LEBENSBILD IN ANEKDOTEN

Eulenspiegel Verlag

ZUM GELEIT

Als ich im Schulunterricht »Herr von Ribbeck auf Ribbeck im Havelland« vortragen musste – wir Schüler sagten dazu »Gedicht aufsagen«, und mehr als auswendig Sprechen war es ja nicht –, entdeckte ich dieses Stakkato beim »Rib-beck auf Rib-beck«. Das gefiel mir, das knackte und klang schön. In einer höheren Klasse dann »John Maynard« – wenn »die ›Schwalbe‹ fliegt über den Erie-See« und »Gischt schäumt um den Bug wie Flocken vom Schnee« und Steuermann John Maynard auf das »Wo sind wir? Wo?« der Passagiere antworten muss –, da setzte sich die Emotion durch: Den »Strand von Buffalo« erreichte ich nur mit einem halberstickten »Gerettet alle. Nur einer fehlt!«

So sahen die ersten Begegnungen mit dem Dichter aus.

In der Oberschule dann »Effi Briest«. An meinen damaligen Leseeindruck habe ich kaum eine Erinnerung, wohl aber an die Fragen zu *Konzeption der Figuren* und *klassentypischem Verhalten des Barons von Instetten.* Wie es so ist: Man meint den Esel und schlägt den Sack. Fontane blieb bei mir erst einmal im Regal.

Es dauerte, bis ich die Bekanntschaft erneuerte. Dann aber auf ewig. Ich darf mich zur großen Fontane-Leserschaft zählen. Warum es so kam und kommen musste, das ist »ein weites Feld«. Eine Erklärung fand ich bei dem Kritiker und Theaterleiter Otto Brahm: »Zu uns spricht einer der liebenswürdigsten Erzähler, der den ererbten Gaben der französischen Emigrantenfamilie jenen graziösen Plauderton verdankt, welcher in Deutschland eine so große Rarität ist.« Wer diese literarische Erfahrung macht, der wird sich an trüben Tagen erhoben, an lichtvolleren Tagen geerdet fühlen.

Das Glück meines Berufes brachte es mit sich, dass ich die »Wanderungen durch die Mark Brandenburg« für eine Hörbuchproduktion einlas. Man begleitet den Wanderer Fontane und erlebt dabei einen Landstrich und seine Leute, die sonst dem Vergessen anheimgefallen wären.

Dass ich nun mit diesem Buch meiner persönlichen Fontane-Erfahrung ein weiteres Kapitel hinzufügen und Sie, liebe Leser, zur Lektüre einladen kann, freut mich.

Heiter sind die hier gesammelten Geschichten; die Lebensumstände und -stationen des Dichters sind es meist weniger. Zu klagen war Fontanes Sache nicht, aber vermutlich hat der hugenottische Preuße sich selber zugesprochen, als er derb und mit dem Apodiktischen eines Kalenderspruchs reimte: »Sei heiter! Es ist gescheiter ...«

Der Erzähler Fontane sagte: »Ich behandle das Kleine mit derselben Liebe wie das Große.« Wie sich das eine zum anderen verhält und zum Ganzen verwebt, ist in seinen Novellen und Romanen zu lesen. Es sei mir gestattet, bei diesem Fontaneschen Wort Anleihe zu nehmen: mit dem Detail, der Facette kleiner anekdotischer Begebenheiten möchte dieses Buch ein Ganzes zeichnen, ein Lebensbild des großen Dichters.

Die am biografischen Faden aufgereihten Anekdoten speisen sich aus Lesefrüchten, zuallererst aus Fontanes Briefen, Tagebüchern und Lebenszeugnissen; sie greifen auf Erinnerungen seiner Zeitgenossen zurück und bedienen sich der Fakten, die seine fleißigen Biografen herausgefunden haben.

Gunter Schoß

ANKUNFT 1819

Am 24. März 1819 heirateten in Berlin der dreiundzwanzigjährige Louis Henri Fontane und die einundzwanzigjährige Emilie Labry. Das junge Ehepaar traf drei Tage später in Neuruppin ein, wo Louis Henri mit einem Kredit des Vaters die Löwen-Apotheke übernahm.

Der Vater trug in sein Tagebuch den frommen Wunsch für seinen Sohn ein: »Gott der Allmächtige mache ihn zum Gegenstand seines Segens.«

Kindersegen zumindest stellte sich bereits am 30. Dezember ein. Nachmittags zwischen 4 und 5 Uhr wurde dem Paar das erste Kind geboren: Henri Théodore. Im Neuruppiner Kirchenbuch eingetragen als: Heinrich Theodor Fontane.

Für Emilie Fontane war die Geburt des Sohns eine Sache auf Leben und Sterben. Warf man ihr später, als schon die Brüder Rudolph und Max und die Schwester Jenny geboren waren, vor, sie bevorzuge Theodor, dachte sie an seinen Eintritt ins Leben und antwortete einfach: »Er ist mir auch am schwersten geworden.«

ANKUNFT 1694

Hundertzwanzig Jahre zuvor, im Jahr 1694, war der aus Nîmes stammende Strumpfwirker Jacques François Fontaine nach Brandenburg-Preußen gekommen. Einer von fünfzehntausend, die sich nach dem Edikt von Fontainebleau, mit dem der Sonnenkönig die Toleranzprivilegien der Hugenotten kassierte, an Leib und Leben bedroht, durch das Potsdamer Edikt des Großen Kurfürsten im Brandenburgischen aber willkommen sahen. Jeder fünfte Berliner um 1700 war Hugenotte. In Berlin brachte es der tüchtige Handwerksmeister zu Wohlstand, den sein Sohn Pierre François Fontaine als Zinngießer vermehrte. Dessen Sohn, der Maler Pierre Barthélemy und Großvater des Dichters, trat 1780 als Zeichenlehrer in den Dienst des friderizianischen Hofes. »Er malt schlecht, aber er spricht gut Französisch!« Der redegewandte Mann gefiel Königin Luise so sehr, dass sie ihn zu ihrem persönlichen Kabinettssekretär beförderte. Das weckte Missgunst und veranlasste den jungen Bildhauer Johann Gottfried Schadow zu eben jener abfälligen Äußerung. Die glanzvolle Stellung war passé, als das Königspaar 1806 nach Königsberg floh. Für Peter Fontane fand sich ein Amt als Kastellan von Schloss Niederschönhausen.

»Peter Fontane«? Richtig. Pierre Barthélemy hatte eine Neuerung eingeführt: Er ließ das »i« im Namen fallen. Die amtlichen Urkunden führten ihn als »Peter Fontane«.

FONTANE *oder* FONGTANG?

»Die Familie Fontane sprach ihren Namen natürlich französisch aus«, so schwarz auf weiß festgehalten von Gertrud Mengel, Patenkind der Fontane-Tochter Martha. Wie es mit der Aussprache zu halten sei, das scheint den Dichter ein Leben lang begleitet, aber nicht die Bohne interessiert zu haben. Die Chance, es zwar spät, aber aus erster Hand zu klären, sah der Vorsitzende des »Touristenclubs der Mark Brandenburg« – einer von Fontanes »Wanderungen« inspirierten Gründung – gekommen, als er dem Dichter im Februar 1895 die Ehrenmitgliedschaft antrug. Fontane stand Ehrungen und Vereinen reserviert gegenüber. Ohne Vermittlung von Fontanes Sohn, dem Verlagsbuchhändler Friedrich Fontane, wäre der häusliche Besuch kaum zustande gekommen, doch nun folgte eine freundliche Einladung zum Frühstück. Der Vorsitzende richtete das Wort an Fontane: »Welche ist die richtige Aussprache Ihres Namens? Man hört ihn französisch, deutsch und auch zugleich in beiden Sprachen.«

»Mein Lieber, sprechen Sie ihn aus, wie Sie wollen«, erwiderte Fontane, »es ist alles richtig. Ich habe einen Freund, Urgermane, wenn der mich anredet, wird jede Silbe langgezogen Fon–ta–ne! Dann habe ich eine gute, dicke Tante – alle dicken Tanten sind gut – in der Kolonie*, die sagt nie anders als Fontan! Nasalton bis hierher!« Dabei drückte er mit Daumen und Zeigefinder die Nase hinauf bis zur Stirn.

* die französische Kolonie in Berlin

VATER-SOHN-*Gespräche*

I

Wie der Niederschönhausener Schlosskastellan allmorgendlich seinen Sohn Louis Henri auf den weiten Weg ins Gymnasium zum Grauen Kloster schickte, wie der Junge fror und es erst besser wurde, als er und sein älterer Bruder »blaue, mit postorangefarbenem Kattun gefütterte Mäntel als Weihnachtsgeschenk« erhielten, und wie die Straßenjungen spotteten, wenn »der Wind die postorangenen Kragen wie Heiligenscheine um die Häupter« aufstellte, das war lebenslang eine der Lieblingsgeschichten des Vaters. Konterte Sohn Theodor mit der Geschichte aus eigenen Kindertagen, als »Mama« ihm »Rock, Weste und Beinkleid aus einem milchfarbenen Tuchstoff machen« ließ und er »dann ein ganzes Jahr lang der Antiquar aus der alten Post« gerufen wurde, bestand der Vater darauf, das schlechtere Los gezogen zu haben: »Ja, so was ist mitunter erblich, aber Postorange war doch schlimmer, dabei muss ich bleiben.«

II

Nach der Schule wurde Louis Henri Lehrling in der Berliner Elefanten-Apotheke. Als sich Fontane in seinem Buch »Meine Kinderjahre« diese Zeit vor Augen führte, schrieb er, womöglich seine eigenen Apotheker-Lehrjahre resümierend: »Er verlebte die Zeit mutmaßlich nicht gut und nicht schlecht, was ich daraus schließe, dass er über diesen Lebensabschnitt nie sprach.«

III

Auskunftsfreudig wurde der Vater erst wieder, wenn die Kriegszeit aufs Tapet kam. Der Apothekerlehrling war 1813 als Freiwilliger Jäger zu Fuß in das preußische Kriegsaufgebot gegen Napoleon eingetreten und ein Dreivierteljahr später als Feldlazarett-Apotheker nach Berlin zurückgekehrt.

»Du warst also wohl sehr patriotisch, lieber Papa?«, fragte der kleine Theodor.

»Aber nein«, sagte der Papa und ließ alles Flunkern und alle Großspurigkeit fahren: »Offen gestanden, ich machte nur so mit.« Theodor müsse wissen: Man hat im Leben nicht immer die Wahl.

IV

Sohn Theodor konnte nicht genug über die Kriegsjahre hören. Er bestaunte die Flinte, die der Vater mitgebracht hatte und die in den Flurecken der wechselnden Familienwohnungen verstaubte. Gern zeigte der Vater auch eine Brieftasche samt Kugel darin, mit der es folgende Bewandtnis hatte: Die Kugel war bei der Schlacht von Großgörschen in den Tornister Louis Henris eingeschlagen, durchbohrte den Wäschevorrat und blieb in den Pergamentblättern einer dicken Brieftasche stecken.

Tornister trägt man gewöhnlich auf dem Rücken.

Vater Louis Henri erklärte Sohn Theodor die Angelegenheit so: »Mein lieber Sohn, es war kein Schuss von hinten; wir stürmten einen Hohlweg, auf dessen Rändern, rechts und links, französische Voltigeurs standen. Also Seitenschuss.«

Louis Henri hatte eine Reihe weiterer Gefechte

mitgemacht. Der Sohn fragte: »Die waren dir nun wohl vollkommen gleichgültig?«

»Kann ich durchaus nicht sagen.«

»Ich dachte, die Macht der Gewohnheit ...«

»Die Macht der Gewohnheit ist im Kriege, wenigstens nach meiner persönlichen Erfahrung, von keinerlei Trost und Bedeutung. Eher das Gegenteil. Man sagt sich, wer drei- oder viermal heil durchgekommen ist, hat Anspruch, das fünfte Mal dran glauben zu müssen. Eine Karte, die viermal gewonnen, hat immer Chance, das fünfte Mal zu verlieren.«

Am Spieltisch hielt sich der Neuruppiner Apotheker nicht an diese Erkenntnis. Er zückte regelmäßig auch noch die fünfte Karte und verspielte Löwen-Apotheke und Vermögen.

DER SPIELER

Sieben Jahre brauchte Louis Henri Fontane, um sein Geld beim Whist zu verspielen. Der Hauptgewinner war ein benachbarter Rittergutsbesitzer in Kränzlin. Als dreißig Jahre später der Sohn des Rittergutsbesitzers dem Sohn des Apothekers eine kleine Summe Geld lieh, sagte Louis Henri: »Das stecke nur ruhig ein, sein Vater hat mir ganz allmählich zehntausend Taler in Whist en trois abgenommen.« Im Jahr 1826 blieb als Ausweg nur der Verkauf der Apotheke. Geschäftsmann Fontane erhielt dabei beinahe das Doppelte von dem, was er einmal angelegt hatte. Er beglich seine Spielschulden. Was übrig blieb, reichte, um anderenorts eine kleinere Apotheke zu erwerben.

ANDERENORTS

Apotheker Fontane spannte seinen Schimmel vor den Wagen und suchte ein Dreivierteljahr nach einer geeigneten Apotheke. Er suchte in Brandenburg, Sachsen, Thüringen und zum Ende des Jahres 1826 auch in Pommern. Solch ein Geschäft wollte ja überlegt sein! »Je kritischer er verfuhr, je länger konnte er seine Fahrten fortsetzen«, sagte der Sohn später. »Sein Lebelang in der Welt umherzukutschieren, immer auf der Suche nach einer Apotheke, ohne diese je finden zu können, wäre wohl sein Ideal gewesen.« Im Dezember erreichte Louis Henri Swinemünde und wurde fündig. Mit der Witwe Geißler vereinbarte er den Kauf der Adler-Apotheke und schickte einen Brief an die Familie nach Neuruppin, wo die Geburt seines vierten Kindes anstand: »Wir haben nun eine neue Heimat, die Provinz Pommern, Pommern, von dem man vielfach falsche Vorstellungen hat; denn es ist eigentlich eine Prachtprovinz und viel reicher als die Mark. Und wo die Leute reich sind, lebt es sich auch am besten. Swinemünde ist zwar ungepflastert, aber Sand ist besser als schlechtes Pflaster, wo die Pferde ewig etwas am Spann haben. Freilich ist noch ein halbes Jahr bis zur Übergabe, was ich beklage. Man muss doch wieder etwas zu tun haben.«

JUNGS *in* HOLZPANTINEN

Zu tun bekam auch Theodor in Swinemünde. Als das neue Heim bezogen war, erhob sich die Frage: »Was wird nun aus den Kindern? In welche Schule schicken wir sie?« Die Antwort hatte der Vater parat: »Die Stadt hat nur eine Schule, die Stadtschule, und da die Stadtschule die einzige ist, so ist sie auch die beste.«

Diese Einschätzung traf Louis Henri allein; Emilie hielt sich in Berlin zu einer Nervenkur auf. Als sie im Herbst 1827 in Swinemünde eintraf und ihren Theodor in Gesellschaft der wilden, ungekämmten »Holzpantinenjungens« aus der Schule kommen sah, war sie außer sich. Am gleichen Tag wurde er abgemeldet.

Die Mutter entschied, dass der Sohn bei ihr Lesen, beim Vater »einige lateinische und französische Vokabeln, dazu Geografie und Geschichte« lernen sollte.

Von der Rigorosität ihres Entschlusses selber erschrocken, vergewisserte sie sich bei ihrem Mann, ob er das auch könne.

»Können? Was heißt Können!«, warf sich Louis Henri in die Brust: »Du weißt, dass ich da zehn Studierte in den Sack stecke.«

LEHRSTOFFE

Es wurden lebhafte Unterrichtsstunden, gefüllt mit historischen Anekdoten, gar mit Rollenspielen, die der Mutter aber besser verborgen blieben. Fontane sagte rückblickend: »Nicht bloß gesellschaftlich sind mir, in einem langen Leben, diese Geschichten hundertfach zugute gekommen, auch bei meinen Schreibereien waren sie mir wie ein Schatzkästlein zu Hand. Und wenn ich gefragt würde, welchem Lehrer ich mich so eigentlich zu Dank verpflichtet fühle, so würde ich antworten müssen: meinem Vater, meinem Vater, der sozusagen gar nichts wusste, mich aber mit dem aus Zeitungen und Journalen Aufgepickten und über alle möglichen Themata sich verbreitenden Anekdotenreichtum unendlich viel mehr unterstützt hat als alle meine Gymnasial- und Realschullehrer zusammengenommen.«

ANEKDOTENERZÄHLER

Louis Henri Fontane hatte in den Befreiungskriegen die großen Schlachten von Großgörschen und Bautzen mitgemacht, doch wusste er auch über Napoleon und seine Marschälle von Marengo bis zu den Sankt-Helena-Tagen Anekdoten zum Besten zu geben, gerade so, als habe er zum Gefolge des Kaisers gehört. Die Honoratioren der kleinen Seestadt Swinemünde fühlten sich im Haus des geschichtsfesten Besitzers der Adler-Apotheke gut unterhalten. Seine

Napoleon-Anekdoten gab Louis Henri in französischer Sprache wieder. Wurden gelegentlich Satzbau und Grammatik beanstandet, antwortete er: »Mein französisches Gefühl lehrt mich, dass es so heißen muss!« Was die allgemeine Heiterkeit nur steigerte. Ob er denn nicht merke, dass die Leute sich einen Spaß mit ihm machten, wies ihn Frau Emilie zurecht. Ja, gab der Apotheker zu, aber er sei ein freundlicher Wirt, und dann kultiviere er auch das Historische, um nützliche Kenntnisse zu verbreiten. Mochte die Mutter der ewig gleichen Geschichten überdrüssig sein, Sohn Theodor war gepackt vom Historischen. Auf die Frage, was er werden wolle, antwortete der Zehnjährige ohne Zaudern: »Professor der Geschichte.«

Fontanes ERSTES *Werk*

Bei einer Versteigerung in Hamburg 1963 tauchte ein schmales Heft des Swinemünder Knaben auf. Das erste Manuskript Fontanes! In einzelnen Aufsätzen gibt der Elfjährige eine fortlaufende Darstellung der deutschen Geschichte von Ludwig dem Frommen bis zum Spanischen Erbfolgekrieg. »Heinrich vermählte sich mit der Berta nach her vertrieb er sie sahe aber zuletzt ein das es ohne einem Weibe nicht ginge und nahm sie sich wieder.« In einer Schlussbemerkung sagte der junge Mann ohne Punkt und Komma selbstbewusst: »Theodor Fontane hat es aus geschrieben gans allein es ist gewiss war ihr könnt es mir glauben alle samt und sonders denn ich lüge nicht das könnt ihr glauben er ist ein ehrlicher Neuruppiner.«

PROSA *der* VERHÄLTNISSE

»Wie spießbürgerlich war mein heimatliches Ruppin, wie poetisch das aus bankrutten Kaufleuten bestehende Swinemünde«, erinnerte sich der alte Fontane. »Ja, Swinemünde war herrlich …« Er dachte an das Haus, in dem der Geist des alten Apothekers auf dem Dachboden spukte, an den Hof, wo die Kinder auf dem Klafterholz herumkletterten, an die Schaukel im Garten und wie sie auf Raub in Nachbars Garten zogen, an die Back- und Schlachtfeste, an die Landpartien, an das kissenreiche Sofa, auf dem der Papa, wenn der kleine Theodor ihn aus dem ausgiebigen Mittagsschlaf holte, bis zum Abend mit ihm plauderte … Fontane zählte die Herrlichkeiten der Swinemünder Jahre auf, das Leben auf Strom und See, der Sturm und die Überschwemmungen, englische Matrosen und russische Dampfschiffe und nichts lernen zu müssen, keine unregelmäßigen Verba.

»Die rasch wachsende Verlederung der Menschen datiert von Examinas, und wir sind deshalb das langweiligste Volk, weil wir das Examensvolk sind.« So sah Fontane es in seinem siebenten Lebensjahrzehnt, denn wie es weiterging, das hatte er erfahren: »Alles war Poesie. Die Prosa kam bald nach, in allen möglichen Gestalten, oft auch durch eigene Schuld.«

STÜCKWERK

1832 trat Fontane ins Neuruppiner Gymnasium ein. Noch vor Abschluss des Schuljahres schickte der Vater den Dreizehnjährigen zur Vorbereitung auf die Apothekerausbildung nach Berlin auf die Friedrichwerdersche Gewerbeschule. Über seine bruchstückhafte Schulbildung – insgesamt keine vier Jahre besuchte Fontane öffentliche Schulen – schrieb er viele Jahre später: »Das berühmte Wort vom ›Stückwerk‹ traf, auf Lebenszeit, buchstäblich und in besonderer Hochgradigkeit bei mir zu.«

AUF LEBENSZEIT

Noch der Siebzigjährige wird die geplanten offiziellen Feierlichkeiten zu seinem Geburtstagsfest abwehren mit der Begründung: »Wer erklärt einen ehrlich, aufrichtig und gern für *fest*berechtigt!« Der berühmte Dichter will nicht, dass es heißt: »Der Kerl ist schon so eingebildet«, und dabei denken die Leute: »Und eigentlich ist es doch ein Jammer mit ihm; er hat nicht mal studiert.«

POESIE

In Berlin wohnte Fontane zunächst in einer Schülerpension, dann beim Halbbruder seines Vaters, Onkel August – einer »verkrachten Existenz« –, und dessen Frau, Tante »Pinchen«. Dort ließ es sich aushalten. Der Onkel saß »tagaus, tagein am Klavier und sang seine Figaro-Arie zum hundertsten Male, dann und wann eine Kusshand werfend oder sich unterbrechend, um einen reizenden Pudel – der natürlich auch Figaro hieß – durch den gekrümmten Arm springen zu lassen. Ich hockte auf einem kleinen Stuhl zwischen Ofen und Sofa [...] und glaubte an die beste der Welten.«

Und bald hockte er in den Berliner Cafés und las in den literarischen Journalen, immer auf der Suche nach der wahren Poesie, denn die war das Allerbeste an der besten der Welten. Nicht lange, und er begann, selber Gedichte zu machen.

»Es floss ein Bach durch Waldesgrün,
War lauter, klar und rein,
Viel Blümchen an dem Bache blühn,
Und alle nett und fein ...«

Schülerpoesien, wer weiß schon, ob daraus etwas Ernstes wird!

Das MÄDCHEN *mit* *de* EIERKIEPE

Seine spätere Frau Emilie sah Fontane das erste Mal als »Nachbarskind« von Onkel August in der Großen Hamburger Straße; er war fünfzehn, sie zehn Jahre alt. Emilie war die Adoptivtochter eines älteren sächsischen Herrn aus dem Nebenhaus, eines Kunsthandwerkers und Lebenskünstlers, den die Leute wegen seines Rufes als Erfinder respektvoll »Herrn Rat Kummer« nannten. Theodor traf auf ein wildes, fröhliches Kind, das sich an den Rockschößen seines Spielfreundes Gerson über die Schlitterbahnen der Großen Hamburger ziehen ließ. Das Mädchen war abenteuerlich gekleidet, die Stiefelschäfte hingen herab, den kleinen roten Mantel schmückten schwarze Käfer. Auf dem Kopf trug Emilie einen sonderbaren, nach hinten gerutschten Strohhut, der ihr bei anderen Berliner Rangen den Spitznamen »das Mädchen mit de Eierkiepe« eintrug. Das allerauffälligste aber war das Gesicht. »Ein blasses Dreieck mit vorspringender Stirn und Stupsnase, war nahezu hässlich, aber die zurückliegenden, etwas unheimlichen Augen glühten wie Kohlen und machten, dass man das Kind bemerken musste.«

Emilies eigentlicher Name war »Rouanet«, den sie bei ihrer Adoption durch Kummer verloren hatte. Als sie geboren wurde, lebte ihr Großvater Jean Pierre Barthélemy Rouanet noch als Stadtkämmerer im märkischen Städtchen Beeskow.

EMILIES GROSSVATER

Großvater Rouanet, Sohn eines reichen Tuchfabrikanten aus Toulouse, hatte um 1760 im Streit mit seiner Familie Frankreich in Richtung Schweiz verlassen; die nach Sitte der Zeit für ihn, als jüngsten Sohn, vorgesehene Laufbahn als katholischer Geistlicher behagte ihm ganz und gar nicht. In der Schweiz fiel er preußischen Werbern in die Hände, in Potsdam wurde er zu den »Langen Kerls« gesteckt. Der Franzose maß immerhin einen Meter neunzig.

Der hochgebildete und redegewandte Mann ging bald bei den Offiziersfamilien ein und aus. Weil er, was Wunder, so gut Französisch sprach, machte Friedrich II. ihn zum Französischlehrer seiner Pagenschule. Aus dem Dienst ausgeschieden, wurde Jean Pierre für ein Amt im Städtchen Beeskow bestimmt. Weil er, was Wunder, so schlecht Deutsch sprach, wollten ihn die Beeskower nicht. Jean Pierre hingegen wollte nicht, weil die Beeskower ihm ein zu geringes Gehalt zahlen wollten. Ein Königliches Reskript regelte alles zu seiner Zufriedenheit: »Der Beeskower Magistrat ist hierdurch angewiesen, den pp. Rouanet als Stadtkämmerer anzustellen und ihm ein Gehalt von jährlich 1000 Taler zu zahlen.« Und in der »Franzosenzeit« 1806, als die napoleonischen Truppen in die Mark kamen, waren die Beeskower mit ihrem Stadtkämmerer dann besonders zufrieden, weil er so gut Französisch sprach und mit

Verhandlungsgeschick die Besatzungskosten für den gesamten Landesteil Beeskow-Storkow senkte. Mit nicht geringerem Geschick verhandelte er später, dass er mit vollem Gehalt in den Ruhestand gehen konnte.

Fontane will wissen, die Beeskower hätten sich getröstet, dass es der Alte nicht mehr lange machen und die Stadtkasse so bald entlastet würde. Als es dann dauerte, verbreiteten sie, Jean Pierre sei längst tot, aber die Angehörigen besäßen ein gutes Porträt von ihm, das sie abends immer ins Fenster stellten, um die Vorübergehenden zu täuschen. Rouanet wurde 91 Jahre und starb 1837.

STIMMUNGSLAGEN

Später, im Alltag der Eheleute Emilie und Theodor, bediente sich Fontane der Lebensstationen von Großvater Rouanet für eine familieninterne Sprachregelung: War Emilie vergnügt, witzig und charmant, fand er sie »ganz Toulouse«. War sie niedergeschlagen, krittelte sie oder stritt gar, bekam sie zu hören, sie sei »ganz Beeskow«.

Ein SKANDAL *und wie es* WEITERGING

In Rouanets dritter Ehe mit der Tochter eines Beeskower Arztes wurde Thérèse Rouanet geboren, die einen Prediger heiratete. Der starb bald, ein Kind stellte sich erst in der Witwenschaft Thérèses ein: Emilie Rouanet, am 14. November 1824 in Dresden geboren. Ihr Vater war der unverheiratete preußische Bataillonsarzt Georg Bosse. Die Familie des Beeskower Stadtkämmerers entledigte sich des Skandals, indem sie in die *Vossische Zeitung* eine Adoptionsanzeige setzte, auf die sich ein kinderloses Ehepaar unter Zusicherung einer namhaften Summe meldete. Es war der »Rat« Kummer mit seiner Frau, und so wurde aus Emilie Rouanet eine Emilie Kummer.

Rat Kummers aus Russland stammende Gattin, die als »sehr gütig«, auch gegenüber dem Adoptivkind, geschildert wird, starb jedoch bald. Den Haushalt führte nun ein Dienstmädchen. Ihm war Emilie die längste Zeit des Tages überlassen. Was sie dann erlebte, vergaß das Mädchen nie, und auch Theodor Fontane erfuhr davon später. »Erschien dann der soldatische Liebhaber, so wurde das arme, dem Dienstmädchen anvertraute Kind an einen Bettpfosten gebunden, und als sich dies auf die Dauer als untunlich herausstellte, sah sich die Kleine mit in die Kaserne genommen, wo sie nun auf dem großen, von Hinter- und Seitenflügeln umstellten Hofe herumstand, bis das Liebespaar wieder erschien und den Rückweg antrat. Es prägten sich die während des Umherstehens und Wartens empfangenen Bilder dem Kinde so tief ein, dass es sich, als es viele Jahre später am Nervenfieber darniederlag, in seinen Phantasien immer wieder auf dem furchtbaren Kasernenhofe sah, aus dessen hundert Fenstern ebenso viele Grenadiere herniedergrinsten.«

Karl Wilhelm Kummer heiratete schließlich »eine poltrige und ungehobelte, aber vermögende« Frau. Nun war Emilie ganz sich selbst überlassen. Mit fünfzehn kam sie in eine Pension, sodass sie immerhin eine gute Ausbildung erhielt. Als ihr Adoptivvater zum dritten Mal heiratete, bekam Emilie, wider Erwarten, doch noch eine warmherzige Ersatzmutter.

VORBESTIMMTES LEBEN

1836 begann Fontanes Lehrzeit in der Berliner Apotheke »Zum weißen Schwan« in der Spandauer Straße bei Wilhelm Rose. »Ich bin [...] meines Standes – Apotheker. Warum ich das bin?«, fragte er sich irgendwann und gab selbst die lakonische Antwort: »Mein Vater sprach: ›Car tel est notre plaisir‹*; zudem war er selbst Apotheker; ein andrer Grund liegt nicht vor ...«

* Weil es uns ein Vergnügen ist

BANGE MINUTEN

Apotheker Wilhelm Rose war, wiewohl Mitbegründer eines Lesezirkels, keine literarische Seele, aber ein tüchtiger Geschäftsmann. Ob er wohl seinem Lehrling das letzte Vierteljahr der üblichen vier Apothekerlehrjahre erlassen hätte, wenn er gewusst hätte, dass Fontane bei den langweiligen Diensten in der Offizin an Gedichten feilte? Beim Rühren in den Apothekerkesseln über Novellen nachsann? Pausen auf das Aufschreiben seiner Gedanken verwendete? »Schönere Gelegenheit zum Dichten ist mir nie wieder geboten worden«, sagte Fontane später.

Jedenfalls stieg *Apothekenlehrling* Fontane am 19. Dezember 1839 zwecks Ablegung der Prüfung die Treppe zur Wohnung von Stadtphysikus Dr. Natorp hinauf, nicht ohne »Angstgefühl«, und trat »nach kaum mehr als zwanzig Minuten« als *Apothekengehilfe* wieder auf die Straße.

Da es noch früh am Nachmittag war, der Weg nach Hause ohnehin an der d'Heureuseschen Konditorei vorbeiführte, wo er gern sein »Leib- und Magenblatt«, den *Berliner Figaro* las, und er zudem eine »spezielle Hoffnung« hegte – denn vierzehn Tage war es her, dass er »wieder etwas eingeschickt« hatte –, trat Fontane in die Konditorei ein. Er nahm – »mit der Vorahnung eines großen Ereignisses« – das Blatt zur Hand ...

Dann sah er es! Da stand es! »Geschwisterliebe. Novelle von Th. Fontane«. Ganze vier Spalten und »Fortsetzung folgt«.

»Ich war von allem, was mir dieser Nachmittag gebracht hatte, wie benommen und musste es sein; vor wenig mehr als einer halben Stunde war ich bei Natorp zum ›Herrn‹ und nun hier bei d'Hereuse zum Novellisten erhoben worden. Zu Hause angekommen, berichtete ich nur von meinem glücklich bestandenen Examen … Auch mocht ich denken, es wird sich schon herumsprechen, und dann ist es besser, du hast nichts davon gemacht und dich vor Renommisterei zu bewahren gewusst.«*

Zwischen BAUM *und* BORKE

Der Apothekengehilfe und werdende Schriftsteller verdiente sich in den Folgejahren sein Brot in wechselnden Anstellungen in Apotheken in Burg bei Magdeburg, Leipzig, Dresden, Letschin und Berlin und erste literarische Sporen mit Gedichtveröffentlichungen und Korrespondenzen. Eingeklemmt zwischen den Brotberuf eines Apothekers und den Wunsch, ein Poet zu werden, rebellierte der Sohn gegen den Vater und schrieb an Freund Bernhard von Lepel: »Der Egoismus meines Vaters, der immer Geld hatte für Wein und Spiel, nie für Erziehung und Zukunft seiner Kinder, hat schlimme Frucht getragen …«

* So erzählte es Fontane am Ende seines Lebens in seinem Erinnerungsbuch »Von Zwanzig bis Dreißig«. Eines sehr viel späteren Tages hob ein Literaturhistoriker den Finger: Hier irrte Fontane! Prüfungstag war der 9.1.1840, der Abdruck im *Figaro* begann am 14. Dezember 1839.

UNÄNGSTLICH

Das Renommee des Apothekenbesitzers Doktor Kannenberg aus Burg bei Magdeburg: ein jähzorniger Mann, der vor einem Säbelduell mit einem Artillerie-Hauptmann nicht zurückschreckte und diesen schwer verwundet hatte. Fontane machte sich durchaus Gedanken, ob seine Sicherheit bei seinem neuen Dienstherrn, in dessen Apotheke er im Herbst 1840 eintrat, gefährdet sei. »Ich litt aber nicht lange darunter, was wohl damit zusammenhängt, dass ich, von Natur ängstlich, sofort unängstlich werde, wenn Personen oder Verhältnisse mich ängstlich machen wollen.« Die Ausbeute der dreimonatigen Burger Zeit: die Erinnerung an »grausame Langeweile« und das Spottgedicht »Burg an der Ihle«.

SIEGER *der* GESCHICHTE

In Leipzig, in der Hainstraße 9, erinnert eine Tafel daran, dass hier, in der Adler-Apotheke, Fontane tätig war. Es ist nicht mehr das Haus, das der Apothekengehilfe im April 1840 betrat. Anfang des 20. Jahrhunderts wich das alte Gebäude einem prächtigen Jugendstilbau, der weiterhin die Apotheke beherbergt. Auch das Hinterhaus, wo Fontane »drei Treppen hoch« logierte – in einer dunklen Stube mit fensterlosem Alkoven, in dem vier Betten standen, »von denen zwei nur mit Hilfe von Überkletterung erreicht werden konnten« –, ist nicht mehr das alte. Es war weiß Gott ein spartanisches Quartier. Den jungen Apotheker zog es ins Freie. Lange bevor Fontane ein märkischer Wandersmann wurde, durchstreifte er die Schlachtfelder von 1813. »Auf Leipzigs Schlachtgefilden / Ich heute gewandert bin, / Das fallende Laub der Bäume / Tanzte vor mich hin.« Ein Gedichtabdruck im *Leipziger Tageblatt* machte die örtlichen Literatenkreise auf den jungen Mann aufmerksam, wo er im Übersetzer und Dichter Wilhelm Wolfsohn einen Freund und Förderer fand.

»Die Schlachtfelderwanderungen im Oktober 1841 waren wunderschöne Tage für mich. Dass die Freiheit noch nicht da war, machte mich nicht tief unglücklich, ja, vielleicht war es ein Glück für mich, ich hätte sonst nicht nach ihr rufen können. Immer erst spät abends kam ich von solchen Ausflügen zurück und freute mich, je müder ich war. Mir war dann zu Sinn, als hätt ich mitgesiegt.«

O HORRIBLE!

Während seiner im Juli 1842 begonnenen neunmonatigen Dresdner Apothekerzeit zeugte Theodor Fontane zwei uneheliche Kinder. Lepel gestand er im März 1849: »Denke Dir ›Enthüllung No II‹; zum zweiten Male unglückseliger Vater eines illegitimen Sprösslings. Abgesehen von dem moralischen Katzenjammer, ruf ich aus: ›Kann ich Dukaten aus der Erde stampfen usw.‹ Meine Kinder fressen mir die Haare vom Kopf, eh die Welt weiß, dass ich überhaupt welche habe. O horrible, o horrible, o most horrible! ruft

Hamlets Geist, und ich mit ihm. Das betreffende interessante Aktenstück (ein Brief aus Dresden) werd ich Dir am Sonntag vorlegen, vorausgesetzt, dass Du für die Erzeugnisse meines penes nur halb so viel Interesse hast wie für die meiner Feder.«

Der Brief wurde lange unterdrückt und fand erst um Mitte des 20. Jahrhunderts Aufnahme in die Briefausgaben.

WEIDENDAMMER BRÜCKE

Als Fontane 1844 nach Berlin zurückkehrte, um sein freiwilliges Militärdienstjahr abzuleisten, traf er Emilie wieder. »Die Kleine, mittlerweile neunzehn Jahr alt geworden, war total verändert. Nicht bloß das Abruzzentum war hin, auch die mildere Form: das Südfranzösische, hatte sich beinah ganz verflüchtigt, und die tiefliegenden dunklen Augen, die mir, ohne schwarz zu sein, immer kohlschwarz erschienen waren, sahen jetzt, in dem hierlands üblichen Halbgrau, hell und lachend in die Welt hinein. Alles in allem, beweglich und ausgelassen, vergnügungsbedürftig und zugleich arbeitsam, war sie der Typus einer jungen Berlinerin, wie man sie sich damals vorstellte. Wir nahmen den alten herzlichen Ton gleich wieder auf, und die Leute wussten bald, was draus werden würde« ... Und Fontane wohl auch. Es kam der 8. Dezember 1845, der Tag von Augusts Geburtstag. In den frühen Nachmittagsstunden erhielt Neffe Theodor an seinem Arbeitsplatz in der Schachtschen Apotheke einen Brief. In Schulmädchenschrift las er:

»Lieber Freund. Ich war eben zur Gratulation bei Ihrem Onkel und erfuhr zu meinem Bedauern, dass Sie durch Ihren Dienst verhindert sind, die heutige Geburtstagsfeier mitzumachen. Ich meinerseits werde da sein, bin aber in einiger Verlegenheit wegen des Nachhausekommens. Ich denke, Ihr Bruder soll mich um 10 bis an Ihre Apotheke begleiten, von wo aus Sie wohl den Rest des Weges übernehmen.

Ihre Emilie Kummer«

Um zehn Uhr stand das Fräulein vor der Apotheke. Der Weg ging die ganze Friedrichstraße hinunter bis zum Oranienburger Tor und dann in die Oranienburger Straße hinein, wo Emilie Kummer vis-à-vis vom Posthof wohnte. Emilie und Theodor liefen »plauderhaft« durch das nächtliche Berlin. »Es war wenige Schritte vor der Weidendammer Brücke, dass mir dieser glücklichste Gedanke meines Lebens kam, und als ich die Brücke wieder um ebenso viele Schritte hinter mir hatte, war ich denn auch verlobt.« Vor der Kummerschen Haustür packte ihn noch einmal eine »kleine Angst«. Er nahm die Hand des Fräuleins und sagte eindringlich: »Wir sind nun aber wirklich verlobt?!«

Fünf Jahre musste er noch warten, bis das Verlöbnis in einer Ehe eingelöst wurde. Gut doppelt so lange kannten sich der Apotheker und Emilie schon bei der Verlobung auf der Spreebrücke. Ihre Gemeinsamkeit sollte bis zum Lebensende halten.

EIFERSUCHT

»Ich möchte beinahe sagen«, erinnerte sich der alte Fontane, »dass ich mich auf der Stelle in das sonderbare Kind verliebte.« Auf der Stelle kam auch die Eifersucht. Zunächst auf Emilies Kinderfreund Gerson aus der Großen Hamburger Straße, zehn Jahre später beinahe auf jeden, der in ihre Nähe kam.

Einem Freund gestand er: »Ich habe in meiner Liebe viele Kämpfe durchgemacht … zu dem allen hab ich den Höllensoff brennender Eifersucht gekostet.«

Von der Verlobten erbat er, dass »Du für die schreckliche Krankheit meines Herzens, die doch am Ende mich am meisten quält, stets ein Wort des Trostes hast – sieh, mein Herz, dann muss es doch am Ende anders mit mir werden, und ich werde dann so unbegrenzt in meinem Vertrauen sein, wie jetzt wahnsinnig in meinem Argwohn. Rede mir zu, streichle mich, blicke mich fest und freudig an – ach, Du kannst alles auch mit Worten, auch wenn Du mir fern bist – tu es, und zu meiner Liebe gesellt sich mein wärmster Dank. Ich will ein Mann sein, Dein Mann, und ich bitte Dich: behandle mich wie ein Kind.«

Die Briefe aus der Verlobungszeit verbrannte Emilie nach dem Tode Fontanes.

VERLIEBT, VERLOBT …

Wann das Paar heiraten konnte, stand in den Sternen. Das Geld fehlte. In Emilies Verwandtschaft sprach man hinter vorgehaltener Hand von einer »Jammerpartie«. Vom Apothekerberuf des Bräutigams war nichts für eine Ehe zu erhoffen, solange der Mann kein Geld besaß, eine eigene Apotheke zu pachten oder zu kaufen. Mit der Braut stand es nicht besser. Emilie hatte keine Aussteuer zu erwarten. Emilie hatte nur eine »Vergangenheit«, über die Tante Pinchen alle Welt aufklärte.

Bald nach der Verlobung, im Dezember 1845, kündigte Fontane seine Stellung als Apothekengehilfe und machte sich über analytische Chemie her. Im Sommer zog er zu den Eltern nach Letschin, um dort seine Studien privatim fortzusetzen. Nach einem Dreivierteljahr brach er nach Berlin auf, das Examen abzulegen. Vater Louis Henri verabschiedete den Sohn: »Will dir was sagen, du fällst entweder durch oder kriegst eine Nummer eins.«

Prüfungsvornehm gekleidet strebte Fontane seinem »Marterort« zu, stärkte sich unterwegs mit einer halben Flasche Rotwein und las blindlings in einem Botanikbuch den Abschnitt »Die Caryophyllaceen«. Genau danach fragte der Professor und ließ den Kandidaten bestehen.

Der fragte sich, was nun? »Ich hatte das Examen hinter mir, aber keine Spur von Lebensaussicht vor mir; bloß eine arme Braut, die wartete.« Also musste er wieder irgendwo unterkriechen. Im Spätherbst 1847 wurde er in der Jungschen Apotheke eingestellt.

Mit PAUKEN *und* TROMPETEN

Der Dichter machte Militärmusik, damit man ihn hörte. Viel Gebläse, große Pauke, Hörnerklang, Schellenbaum. Er machte Gedichte auf große preußische Reiter. Die Lieblinge des Alten Fritz: »Der alte Derffling«, »Der alte Dessauer«, »Der alte Zieten«, »Herr Seydlitz auf dem Falben«. Und der Dichter hatte Erfolg mit seinen vaterländischen Versen. Zudem noch paar Taler Honorar zusätzlich auf das schmale Apothekersalär.

Die Reitergedichte erschienen regelmäßig in dem vom feinen Publikum gelesenen *Morgenblatt.* Die Reime druckte aber neben der geachteten Literaturzeitschrift und ohne Wissen der Blattredakteure noch ein anderes Periodikum. Sie fanden sich im *Soldatenfreund,* einer *Zeitschrift für die fassliche Belehrung und Unterhaltung des preußischen Soldaten.* So klingelte für »Herr Seydlitz auf dem Falben / Sprengt an die Front heran. / Sein Aug' ist allenthalben, / Er mustert Ross und Mann, / Er reitet auf und nieder. / Und blickt so lustig drein« die Kasse noch einmal. Ein schöner Klang der Militärmusik. »Ich scheine Glück mit der Kavallerie zu haben, obschon ich selbst eine Karikatur von Reiter bin«, meinte der Sänger.

AUGEN ZU

Als Fontane den »Alten Dessauer« in der literarischen Gesellschaft »Der Tunnel über der Spree« vortrug, hielt sein Freund, der dichtende Assessor am Berliner Kammergericht Wilhelm von Merckel, im Protokoll der Tunnelsitzung fest: »Wie der biedere Leopold von keiner anderen Richtung als: Augen rechts!, von keiner anderen Musik als seinem Marsche, von keinem Fortschritt, als dem Sturmschritte, und von keinem Zopfe, als woran ein Held, wie er, saß, etwas wusste, das rollte so überzeugend und alle Kritik aufrollend fort, dass der Alte Fritz selber gesagt hätte: sehr gut!, wenn er Mitglied des Tunnels gewesen wäre.«

GLATTES PARKETT

»Wenn ich in einen großen Saal trete, weiß ich nie, wohin mit mir. Es erinnert mich immer an die Zeit meiner Schulaufsätze: wenn ich nur erst den Anfang hätte«, klagte Fontane seinem Tunnel-Freund Bernhard von Lepel sein Leid und erbat sich Rat »in allem Gesellschaftlichen«. Wie er es zu halten gedachte, wenn er einer vornehmen Dame vorgestellt wurde, da hatte Fontane seinen eigenen Kopf: »Alles vollzieht sich nach dem Satze: ›Schicksal, nimm deinen Lauf.‹ Irgendwas Dummes wird man gewiss sagen, aber es ist doch besser, diese Dummheit kommt frisch vom Fass, als dass sie sich als Produkt eines voraufgegangen Drills kennzeichnet.«

DER PATE

Louis Henri Fontane und seiner Frau war am 23. April 1838 in Mühlberg an der Elbe – wo der Vater erneut eine Apotheke gekauft hatte, die er noch im selben Jahr für den Erwerb einer Apotheke in Letschin veräußerte – nach fast zwanzigjähriger Ehe noch einmal ein Töchterchen geboren worden. Ihr Sohn Theodor soll sich darüber wenig respektvoll geäußert haben. Aber dass er ungern der Bitte der Eltern nachgekommen sei, das kleine Mädchen in der Kirche über das Taufbecken zu halten, hat man nicht gehört. Der Achtzehnjährige wurde der Taufpate und stand von diesem Moment an lebenslang nie anders zu seinem »Lischen« als im herzlichen Verhältnis eines großen Bruders zur kleinen Schwester.

DEMOKRATEN

Der examinierte Apotheker Fontane fühlte sich im Beruf wie ein »Salzhering in seiner Tonne«, die Jungsche Apotheke nannte er »eine Schandkneipe, einen Hundestall, eine Räuberhöhle«. Nach Fisch wird er heftig gestunken haben, denn in der Apotheke verkaufte er hauptsächlich Lebertran. Die Armenärzte des Viertels rund um die Apotheke am Alexanderplatz verschrieben das Fischöl reichlich. Ihre Klientel wusste davon besseren Gebrauch zu machen, als es zu schlucken. Sie füllten den Lebertran als Brennmaterial in ihre Lampen. Fontane kannte auch die andere Seite von Preußens Glanz und Gloria. In einem Blatt der »Demokraten«, der *Zeitungshalle,* hatte er seine Ansichten überdies öffentlich kundgemacht. Auch war in diesem beginnenden Jahr 1848 ein Brodeln im Land, und als die Nachricht von der Pariser Februarrevolution in der preußischen Hauptstadt eintraf, griff in den Märztagen vollends das Gefühl um sich, dass sich auch in Berlin etwas anbahne. In der Jungschen Apotheke ging eine besondere Ungewissheit um. Man las schließlich die Berliner Blätter! Da hatte doch jüngst die *Zeitungshalle* einige Artikel des Apothekenkollegen abgedruckt! Während der journalistische Newcomer meinte, dass »die Menschen mehr oder weniger vor jedem, der zu Zeitungen irgendwelche Beziehungen unterhält, eine gewisse Furcht haben«, fragte man sich in der Apotheke: War dieser Fontane etwa ein verkappter Revolutionär, ein »Demokrat« oder gar ein Provokateur der politischen Polizei?

Das Grübeln in der Apotheke war kein Nachteil. »Im Ganzen aber verbesserte sich meine Stellung dadurch doch um ein nicht Unbeträchtliches ... Wer glaubt, speziell hierzulandes, sich ausschließlich mit ›Liebe‹ durchschlagen zu können, der tut mir leid«, sagte Fontane.

Er sagte es wohl nicht nur mit dem Blick auf die Apothekerkollegen. Das Volk auf den Berliner Straßen hatte seit dem 13. März aufgehört, sich allein mit der »Liebe« zu König und Vaterland durchzuschlagen. Es machte Revolution.

MÄRZTAGE

Am 18. März 1848 hatte König Friedrich Wilhelm IV. in einer Proklamation zahlreichen Wünschen des Volkes nachgegeben. Sein Minister von Bodelschwingh verlas die Bekanntmachung vom Balkon des Schlosses der wartenden Menge. Abschaffung der Zensur, eine Verfassung für Preußen waren versprochen. Die Nachricht »Alles bewilligt« verbreitete sich schnell in der Stadt. Jetzt machten sich noch mehr Berliner auf den Weg zum Schlossplatz. Dem König war das zu viel Volk. Das Volk zu nahe dem Thron. Der König rief sein Militär. Die Gardedragoner sprengten zu Pferd in die Menge, in der nach Einschätzung Fontanes »Harmlose und nicht Harmlose ziemlich gleichmäßig vertreten waren«. Die Infanterie schoss in die Menge hinein. Unter den Flüchtenden war auch Fontanes Chef. Atemlos und schimpfend kam er in seiner Apotheke an. Er sei ein braver Bürger, aber alles versprechen und dann schießen lassen »auf uns, auf ganz reputierliche Leute, die Front machen, und grüßen, wenn eine Prinzessin vorbeifährt, und die prompt ihre Steuern bezahlen«, das wäre Verhöhnung, meinte Prinzipal Jung und ging in seine Wohnung. Sein Angestellter Fontane ging auf die Straße.

THEATERDONNER

Fontane zog mit der Menge über den Alexanderplatz zum Königstädter Theater, das gestürmt wurde. Im Fundus gab es Waffen. Degen, Speere, Spieße und mehrere Dutzend »hübscher« kleiner Gewehre mit Bajonett und Lederriemen, die vor Jahren einmal zur Ausstattung eines Lustspiels gehört hatten. Pulver bekam man anderswo, und für die fehlenden Kugeln entschied Fontane, »Murmeln oder Pfennige« zu laden. Als Barrikade waren »zwei riesige Kulissen aus den Theaterbeständen herangeschleppt worden, zwei große Berg- und Waldlandschaften«. Fontane, überzeugt, dass »einer Helden-Laufbahn meinerseits nichts mehr im Wege stehe«, befleißigte sich, Pulver in seinen Karabiner zu laden, bis ein Passant dazu trat und sagte: »Na hören Sie mal ...« Der Karabiner war verrostet, ob das Feuersteinschloss noch funktionierte, wer weiß, und wenn es funktionierte, platzte vielleicht der Lauf, erinnerte sich Fontane Jahrzehnte später. »Und mit solchem Spielzeug ausgerüstet, nur gefährlich für mich selbst und für meine Umgebung, wollte ich gegen ein Garde-Bataillon anrücken! Ich war unglücklich, dass ich mir das sagen musste, aber war doch zugleich auch wie erlöst, endlich zur vollen Erkenntnis meiner Verkehrtheit gekommen zu sein. Das Hochgefühl, bloß zu fallen um zu fallen, war mir fremd.« Der Fontane von 1895 lässt den Fontane von 1848 »kleinlaut« nach Hause gehen.

IRRTÜMER

Im September 1848 bekam Fontane plötzlich eine gutdotierte Stellung in dem gerade erst im Vorjahr eingeweihten Diakonissenhaus »Bethanien«. »Ein Sonnenstrahl des Glücks hat mich getroffen. Ich bin in Bethanien bei freier Wohnung und Station mit 20 Reichsthalern monatlich angestellt. Nur während zweier Mittagsstunden habe ich in der Apotheke zu arbeiten; die übrige Zeit ist mein«, teilte er Freund Lepel freudig mit. Der Sonnenstrahl kam nicht vom Himmel, doch von einem Mann des Himmels. Pastor Ferdinand Schultz, ein Freund der Mutter und das geistliche Oberhaupt der Krankenanstalt Bethanien, hatte ihn auf den Sohn fallen lassen, damit er von den linken Flausen ließe. Theodor aber nahm sich die Freiheit, Entscheidungen zu treffen, die Pastor Schultz nie gebilligt haben würde.

Als für eine Tagung der »äußersten Linken« in Berlin Quartiere gesucht wurden, bot er dem Veranstaltungskomitee ein Bett bei sich im Bethanien an. Fontane wünschte, man möge ihm doch Dichter Ferdinand Freiligrath schicken. Ausgerechnet Ferdinand Freiligrath, der am 17. März 1848 gedichtet hatte: »Das ist noch lang die Freiheit nicht, / Wenn man, statt mit Patronen, / Mit keiner anderen Waffe ficht, / Als mit Petitionen.« Freiligrath kam jedoch nicht. Fontanes Wunsch blieb unerfüllt. »Das Komitee war klüger als ich und begriff den Unsinn, einen blutroten Revolutionär – der Freiligrath damals wenigstens war – ganz gemütlich in Bethanien einquartieren zu wollen.«

WORAN LIEGT ES?

Nach einem Jahr endete Fontanes Anstellung im Bethanien. Und nun? Bessere Stellungen als Apotheker waren nicht in Aussicht. Eine eigene Apotheke zu kaufen, fehlten die Mittel. In der Pharmazie war alles probiert. Das Beste für ihn sei, sagte er sich, den ganzen Kram an den Nagel zu hängen und sich »auf jede Gefahr hin, auf die eigenen zwei Beine zu stellen«.

Doch ohne wenigstens ein ganz kleines Fundament ging nicht einmal das. 400 Taler im Jahr wären dazu 1849 nötig gewesen. Und dafür sei er bereit, jede Stellung anzunehmen, bekannte er Bernhard von Lepel. »Eisenbahnbeamter, Sekretär, Calculator, Registrator, Lehrer in Chemie, Geographie und Geschichte, Constabler – Wachtmeister, Redacteur einer gesinnungslosen Zeitschrift, ministerieller Zeitungsleser und Berichterstatter, Billetteur eines Theaters, Bücher-Cropier in der Königl. Bibliothek und noch hundert andere Dinge könnt ich so gut werden wie alle die Hinze und Kunze, denen das Glück des Lebens in Gestalt von 400 Talern so reichlich zufließt. Sage mir, Lepel, woran liegt es?«

Ein Töpfchen KARTOFFELN

In der Pharmazie war es aussichtslos, das Geld zusammenzubringen, das ihn in die Ehe und ins Bett zu seinem »Milachen« hätte bringen können. Das Junggesellenleben sei ihm gründlich zuwider, bekannte der Apotheker. Vom Hunger der Sinne redete er kulinarisch. »Ich sehne mich nach einem Herd, sei er auch noch so klein, nur um gerade ein Töpfchen Kartoffeln dran kochen zu können.«

Im Oktober 1849 warf Fontane den Apothekenkrempel hin. Als freier Schriftsteller wollte er sich nolens volens auf den Weg zur Unterblichkeit machen. Es folgten noch viele Umwege.

HERZENSSACHE

Als die aufständischen Schleswig-Holsteiner bei ihrem Kampf gegen die dänische Oberherrschaft im Juli 1850 bei Idstädt eine Niederlage erlitten und die Dänen wieder Schleswig besetzten, befand sich der freie Schriftsteller Fontane gerade als freier Journalist Fontane auf dem Weg zum Kriegsschauplatz und machte in Altona Station. Er war ein sehr entschlossener Journalist. »Auf die Ereignisse loszustürzen, noch während sie sich machen«, hatte er sich vorgenommen. Es war eine Herzenssache. Am liebsten hätte er sich unter die Freiwilligen eingereiht, doch

Mutter und Braut hatte er feierlich versprochen, sich an den Kämpfen nicht zu beteiligen. Es war eine Herzenssache. Vielleicht gelang dem Journalisten der große Durchbruch, um Emilie endlich heiraten zu können. Den Bräutigam Fontane beherrschte nur der eine Gedanke, es möge endlich aus einer der vielen Türen, vor denen er sich zugleich abmühte, ein kleines Glück für Emilie und ihn treten. Das Glück kam nach Altona mit einem großgesiegelten amtlichen Schriftstück.

Freund Merckel teilte ihm mit, er habe eine Anstellung im »Literarischen Kabinett« des Preußischen Innenministeriums für ihn.

»Literarisches Kabinett« war die klangvolle Umschreibung für die 1848 in Preußen vorgeblich abgeschaffte Zensur, seine Aufgabe die Kontrolle der Presse und regierungsfreundliche Einflussnahme durch entsprechend verfasste Artikel.

Fontane ließ die Schleswig-Holsteiner und den freien Journalismus. Noch in derselben Stunde schrieb er zwei Briefe: einen an Wilhelm von Merckel, den Leiter des »Kabinetts«, in dem er »dankbarst« das Angebot akzeptierte, den anderen, im Telegrammstil, an Emilie Rouanet-Kummer: »Schleswig-Holstein aufgegeben. Wenn Dir's passt, im Oktober Hochzeit.«

Im STAATSDIENST

Im August 1850 wurde Fontane Mitarbeiter im »Literarischen Kabinett«. Sein letzter Artikel in der demokratischen Presse lag nur Monate zurück. Im April hatte er in der *Dresdner Zeitung* an den Freiheitskampf der Ungarn im Revolutionsjahr 1848 erinnert und sich überzeugt gezeigt, dass die Rechte der Völker nicht auf immer unterdrückt werden könnten. Ähnliche Artikel waren in den letzten beiden Jahren zahlreich gewesen. »Ich gelte«, schrieb Fontane bei seinem Eintritt in den preußischen Staatsdienst einem Freund, »für einen roten Republikaner und bin jetzt eigentlich ein Reaktionär von reinstem Wasser.«

Zum Ende des Jahres 1850 wurde das »Kabinett« aufgelöst und zu Beginn des nächsten durch eine »Zentralstelle für Pressangelegenheiten« ersetzt. Fontane war nicht dabei. In gewisser Weise erleichternd für den »roten Republikaner«, nur auf der Gehaltsliste hätte er schon gern gestanden, jetzt verheiratet und künftiger Vater eines Sohnes. Am liebsten wäre er allerdings etwas anderes gewesen. »Ich muss bekennen, dass ich dem Zeitungskram am liebsten Lebewohl sagte und die nächsten zehn Jahre, das beste Teil unserer Kraft, an eine ordentliche Arbeit setzte, aber was kümmern sich unsre Zeiten und unsere Menschen um ein Gedicht, selbst ein gutes Gedicht. Sie meinen, es kann ungeschrieben bleiben, und es ist nichts dagegen zu sagen. Man faselt immer von dem ›Sich-Bahn-Brechen der Genies‹; man lasse ein Genie hungern, und es verquint ebenso wie der erste beste Flickschneider ...«, schrieb er im Januar 1851. Dem »Zeitungskram« Lebewohl zu sagen sollte dauern.

Am 1. November 1851 bekam er bei der *Preußischen Zeitung,* dem ganzen Gegensatz eines liberalen Blattes, eine Anstellung. Eigentlich war es eine konspirative Anstellung, denn tatsächlich war er Mitarbeiter der »Zentralstelle für Pressangelegenheiten«. Fontane schickte sich darein, einer Behörde des ultrareaktionären preußischen Ministerpräsidenten von Manteuffel zuzuarbeiten, und er schickte sich nicht darein. Schon nach dreieinhalb Monaten in der »Zentralstelle« kam er bei der Behörde nach, ihn als Korrespondenten der *Preußischen Zeitung* nach London zu versetzen.

EMILIES WÜNSCHE

Aus späteren Jahren, nicht genau datierbar, ist eine scherzhafte Notiz Fontanes überliefert: »Wie sich meine Frau einen Beamten denkt«: »Ein Beamter lebt lange. / Solange er lebt, hat er ein auskömmliches Gehalt. / Ist er krank, so wird er vertreten. Je öfter, desto besser. / Badereisen sind garantiert. / Dienststunden werden gehalten oder nicht gehalten. / Zum Ordensfest und zu Königs-Geburtstag muss der Beamte gesund sein. / Erfüllt er dies, so verdoppelt der König die Witwenpension ...« Manchmal helfen eben Scherze, die Wünsche vom Tisch zu wischen.

HOCHZEIT

Nach fünf Jahren Verlobungszeit ging alles sehr rasch. Auf die lapidare Anfrage des Bräutigams »im Oktober Hochzeit«, kam die ebenso bündige Antwort der Braut: »Also Oktober! Alle Verwandten, wie Du Dir denken kannst, haben lange Gesichter gemacht: aber niemand hat zu widersprechen oder auch nur abzuraten gewagt.« Der Termin war nun der 16. Oktober 1850. Die üblichen Vorbereitungen waren zu treffen. Und besondere. Freund Bernhard von Lepel wurde vom Bräutigam instruiert, wenn er die drei Geschwister der Braut kennenlernen würde, den Oberstabsarzt Dr. Müller (Halbbruder der Braut), eine Frau von Below (Halbschwester) und eine Frau Dr. Fels (noch eine Halbschwester), sie immer nur als Cousins und Cousinen wegen der »romanhaften« Lebensgeschichte der Braut zu betrachten, »da sie vor der Welt als solche gelten«.

In der Sakristei der französisch-reformierten Kirche in der Klosterstraße wurden Theodor Fontane und Emilie Kummer-Rouanet vom Pfarrer der Gemeinde Auguste Fournier getraut. Auch Pastor Schultz vom Bethanien war anwesend. Fontanes Vater verspätete sich um eine halbe Stunde. Fournier wusste einen freundlichen Spruch für die Braut: »Es ist vielleicht von Vorbedeutung – Sie sollen warten lernen.«

Ein Hochzeitsmahl gab es bei Fontanes natürlich auch. Und Theodor fand, dass an den vielen ausgebrachten Toasts das Charmanteste war, dass er, der

Sitte nach, nicht zu antworten brauchte. Als Pastor Schultz eine Weile dem munter essenden Bräutigam zugeschaut hatte, wusste auch er einen Spruch für die Braut: »Liebe Emilie, wenn der so fortfährt, so wird seine Verpflegung Ihnen allerhand Schwierigkeiten machen.«

ERINNERUNG *an den* BRUDER THEODOR

Mehr als ein halbes Jahrhundert nach diesem Hochzeitstag, man schreibt das Jahr 1916, gibt Lieblingsschwester Elise dem *Neuen Wiener Journal* ein Interview.

»Von welcher Sorglosigkeit mein Bruder war, ergibt sich auch aus Folgendem: Er war mit meiner Schwägerin Emilie einige Jahre verlobt gewesen, und da sich das zur Heirat notwendige Einkommen nicht einstellen wollte, so heiratete er eines Tages ohne Einkommen, und da man doch als gebildeter Mensch mit einer jungen Frau nicht gut in Stube und Küche hausen kann, so mietete er kurzerhand in der Puttkamerstraße, die heute eine minderwertige Gegend ist, aber damals zu den besten Vierteln der Stadt gehörte, eine Vier-Zimmer-Wohnung in der ersten Etage. Sie kostete etwa vierhundert Taler, also zwölfhundert Mark. Das ist ja nun für heutige Begriffe nicht viel, war aber für damalige Verhältnisse etwas Ungeheuerliches. Aber mein Bruder hatte es nicht – er war Hilfsbeamter im preußischen Ministerium des Innern. Die Folge seines Leichtsinns war, dass man schon nach kurzer Zeit in eine kleinere und billigere Wohnung ziehen musste – und dort ging es dann halbwegs. Meine Schwägerin war ja auch mittlerweile dahintergekommen, dass der liebe Theodor mit Einnahmen und Ausgaben ein außerordentlich schwach begabter Mann war. Ich kann gar nicht beschreiben, wie schwer meine Schwägerin oft zu kämpfen hatte, um den Haushalt auf einer halbwegs anständigen Höhe zu halten. Dabei durfte Theodor von ihrem Kummer gar nichts erfahren – erstens hätte er kein rechtes Verständnis dafür gehabt, und zweitens hätte es ihn bloß bei der Arbeit gestört. Zwar war die Ehe meines Bruders äußerlich und innerlich ungemein glücklich – niemals hat es Zank und Streit gegeben, aber so recht zum Bewusstsein gekommen ist es meinem Bruder nie, was für ein Juwel von einer Frau er gefunden hatte. Ich bin weit entfernt davon, meinem Bruder seine großen und kleinen menschlichen Schwächen allzu dick anzukreiden, aber die Wahrheitsliebe gebietet mir zu sagen, dass er oft ein seltsamer Kauz war ...«

SACKSIEDEGROB

Nicht von »Kauzigkeit«, aber von »zwei Seelen – ach – wie sie in der Brust eines jeden Menschen wohnen« sprach Jahre nach dem Tod seiner Eltern der Sohn, Theodor jun. In seinen Erinnerungen schrieb er: »Meinem Vater war nichts Menschliches fremd. Man kann sogar sagen, dass nur wenige ihre

Seelenzwiespältigkeit so hochgradig empfunden haben wie er.« Und weiter:

»Jeder kennt ihn als feinen, abgeklärten, überaus höflichen Mann, der fast altruistisch das Interesse anderer berücksichtigte und beinahe jeden Missklang vermied. Und doch barg sein Innerstes einen Vulkan, der freilich nur alle Jubeljahr mal ausbrach, auch durch kein Wölkchen aus dem Krater verriet, wie es drinnen gärte und siedete. Kam aber die Lava in die Höhe, so riss sie alle Widerstände, auch die selbst errichteten, nieder und der vornehme Charakter – man soll es kaum glauben – konnte sacksiedegrob werden.

Die erstaunlichste und vielleicht auch glücklichste Eigenschaft meines Vaters war aber sein fester Glaube an sich in Bezug auf sein künstlerisches Schaffen. Trotz seiner Bescheidenheit, trotz seines strengen, auch gegen sich selbst gerichteten Urteils in Kunstfragen, trotz der bis ins hohe Alter hinein ausbleibenden, lange Zeit nur von einer kleinen Gemeinde gezollten Anerkennung [...] war und blieb er überzeugt, dass seine Schöpfungen in der von ihm gewählten Form das künstlerisch Richtige darstellten. [...] Meine das Talent ihres Mannes durchaus würdigende Mutter hätte hin und wieder zugunsten des klingenden Mammons eine Darstellungsweise bevorzugt, die dem Geschmack des breiten Publikums entsprach. Dafür hatte wiederum mein Vater durchaus Verständnis, so wenig angenehm er manchmal die Haltung seiner Lebensgefährtin seinen geistigen Kindern gegenüber empfunden haben mochte. Er war sich selbst darüber klar, dass die Auswahl und künstlerische Behandlung des Stoffes seiner Werke Kaviar für die Masse des Volkes war.«

KINDER

I

Bald nach der Hochzeit wurde, erstens, Emilie Fontane schwanger und, zweitens, Theodor Fontane in seiner Anstellung im »Literarischen Kabinett« gekündigt. Um durchzukommen richteten die Fontanes in ihrer Vier-Zimmer-Wohnung rasch eine Schülerpension ein. Zehn Monate nach der Hochzeit kam am 14. August 1851 das erste Kind, Sohn George, zur Welt. Die Familie zog in eine kleinere Wohnung in der Luisenstraße. Im November wurde Theodor Fontane als Mitarbeiter der »Zentralstelle für Pressangelegenheiten« eingestellt und weilte von April bis September 1852 als Korrespondent der *Preußischen Zeitung* in London. Auf dem Wege dorthin erhielt er in Brüssel die Nachricht von der zweiten Schwangerschaft seiner Frau. Emilie schrieb: »Da ich Dir nichts vorlamentieren will, so will ich Dir nicht beschreiben, wie mir seitdem zumute ist. Aber ich bin trostlos!«

Am 2. September 1852 wurde in Berlin der Sohn Rudolph geboren. Durch Pfarrer Fournet erhielt er die Nottaufe, er starb am 15. September.

Im Jahr darauf wurde Peter Paul geboren, nach sechs Monaten starb das Kind.

1855 wurde Emilie auf einer Reise in Luckenwalde zu Pfingsten von einem Siebenmonatskind entbunden, ein Junge, den die Fontanes Ulrich nannten. Er wurde nur wenige Tage alt.

Im September 1855 begann Fontanes Tätigkeit als Presseagent der preußischen Regierung in London.

Am 3. November 1856 wurde wieder ein Sohn geboren. Eine schwere Geburt, und Emilie litt monatelang an den Folgen. Das Kind bekam nach Vater und Großvater den Namen Theodor und blieb am Leben.

Im Juli 1857 holte Fontane Frau und Kinder nach London, Anfang 1859 kehrten die Fontanes nach Berlin zurück.

Noch zwei weitere Kinder kamen hinzu, 1860 die einzige Tochter Martha, »Mete«, 1864 der letzte Sohn Friedrich, »Friedel«.

II

Emilie musste innerhalb von dreizehn Jahren sieben Geburten über sich ergehen lassen; mit dem Erstgeborenen und erneut schwanger sah sie sich gezwungen, die Verwandtschaft zu bitten, ihr zur Seite zu stehn. An den Ehemann in England schrieb sie: »Ich gehe schon immer vor 9 Uhr zu Bett, länger kann ich nicht aushalten, dann, beim Ausziehen, beim Schein der Nachtlampe schnürt oft die Sehnsucht nach Dir meine Brust zusammen und ich könnte laut aufschreien. Dann knie ich an Georges Wiege nieder, und wenn ich das liebe Gesichtchen sehe, rosig vom Schlaf und friedlich wie nur ein Kind atmen kann, dann bitte ich wohl jedesmal Gott mit Tränen: führe uns wieder glücklich zusammen.«

Fontane schickte galgenhumorige Aufmunterungen: »Nur keine allzu elenden Würmchen; es ist eine Art Ehrensache. Also nimm dich zusammen und tu das deine. Man schreibt mir sonst auf den Grabstein: seine Balladen waren strammer als seine Kinder.«

III

Familie Fontane liebte ihr erstes Kind, George, innig. Die Dauerschwangerschaften der nächsten Jahre, die Schicksalsschläge und finanziellen Sorgen machten die junge Frau bitter. Ihr fünftgeborenes Kind, Theodor jr., erlebte seine Mutter als »herb«, glaubte sich von ihr eher »geschätzt als geliebt«. »Das beste, aber unsympathischste meiner Kinder«, hatte sie sogar einmal gesagt.

Ein halbes Jahr nach dem Tod des Vaters reiste Theodor jr. der Mutter Ende April 1899 nach Karlsbad nach, wo sie zur Kur weilte. Als er wieder abfuhr, sagte sie ihrem zweiundvierzigjährigen Sohn: »Ich danke dir für diese Zeit, in der ich dich durch den täglichen engen Verkehr so kennengelernt habe, wie du eigentlich bist. Von deinem innersten Wesen hatte ich mir bisher kein rechtes Bild machen können und verstehe jetzt und erkenne aus anderem Gesichtswinkel berechtigt an, was mir bei dir manchmal unbegreiflich vorgekommen ist. Zu meiner Freude habe ich sogar feststellen dürfen, dass du im Wesen, in Empfindungen und Anschauungen deinem Vater viel ähnlicher bist, als ich dies je für möglich gehalten habe.«

Kleine KINDER, *kleine* SORGEN …

In Erziehungsfragen der Kinder wurde Vater Fontane nur bei den »schweren Fällen« hinzugezogen. So an einem schönen Maientag, als Sohn Theo unterwegs war, um sich von einem Freund eine Schachtel mit Maikäfern zu holen. Am Haus des Freundes angekommen, musste er erst »ewig« warten, dann tauchte der Freund auf mit der niederschmetternden Nachricht, »die Biester sind alle krepiert«, aber auch mit der Ansage, »wir holen uns neue«. Die Jungen zogen in die nahe Hasenheide, wo die Käfer in der untergehenden Sonne munter umherschwirrten. Vom Jagdfieber gepackt, machten die beiden fette Beute. Zurückgekehrt, erwarteten Theodor jun. vor dem Haus des Freundes Theodor sen. und Bruder George, die Straße im Laternenschein auf und ab schreitend. Der Heimweg verlief stumm. Nur Bruder George sagte, man habe an ein Unglück gedacht. Vater Fontane hörte wortlos zu.

Schon im Nachthemd, bedeutete die Hausangestellte dem Junior, er müsse wohl dem Papa »Gute Nacht« sagen. Der Gruß fiel bitter aus. Theo bezog mit einem Hartgummispazierstöckchen eine Tracht Prügel vom Vater. Lebenslang blieb ihm das Bild vor Augen: der Stock mit einer indisch wirkenden Farbmusterung und das Gesicht des Vaters. Auf ihm war Zwiespalt zu lesen. Verständnis für den Sohn und zugleich das Gebundensein an das hilflose Verlangen der Mutter nach Strafe.

Emilies GROSSE SORGEN

Als Emilie sich beklagte, dass der ins Teenageralter gekommene Sohn Friedel über die Stränge schlage, stellte Fontane klar: »Meine liebe Frau, das Liebste ist mir, ich erfahre nicht davon. Erfahre ich davon, so habe ich die ledern-langweilige Verpflichtung, eine Standrede zu halten und Sachen als ungehörig zu tadeln, die vielleicht nicht lobenswert, aber ganz natürlich und ganz verzeihlich sind. Es ist mir ganz unmöglich, einen jungen Menschen von 18 Jahren als einen outcast anzusehen und zu behandeln, bloß weil er bis um zwölf Skat gespielt oder mehrere Seidel getrunken oder eine Harfenistin bis nach Hause begleitet und mit anderthalb renommistischen Zweideutigkeiten unterhalten hat. Solange solche Dinge nicht zum Skandal werden, muss man sie laufen lassen.«

Auch wenn Fontane von sich sagte: »Ich bin ein erbärmlicher Erzieher und habe weder die richtige Heiterkeit noch die richtige Strenge«, solche Gelassenheit half gewiss – dem zu Erziehenden wie dem Erziehenden. Und vielleicht auch Emilie.

ERZIEHERISCHE GABEN

Die dänischen Behörden hatten Theodor Storm in seiner schleswigschen Heimat die Bestallung als Advokat entzogen. Um eine Anstellung in Preußen zu erhalten, musste er in den sauren Apfel beißen, den ihm der preußische Justizminister reichte: Ob er bereit sei, »zur Erweiterung der nötigen Kenntnisse für den preußischen Staatsdienst [...] wenigstens sechs Monate ohne Gehalt« zu arbeiten. Süße Äpfel hingen auch anderswo nicht in Reichweite, Storm kam von Husum nach Potsdam, wo er bis 1856 lebte. Sooft Gelegenheit war, besuchte Fontane ihn. Eines Abends saß man wieder munter zu Tische – die Bowle wurde gerade aufgetragen –, als sich der mitgekommene Fontanefreund Merckel vor Schmerz verfärbte. Er schaute unter den Tisch. Dort hatte sich einer der Stormschen Söhne versteckt und den Kammergerichtsrat in die Wade gebissen. Storm lachte eher, als dass er schimpfte.

Auf der Rückfahrt von Potsdam nach Berlin erörterten die Herren Merckel und Fontane den Zwischenfall, der den beiden Gesinnungspreußen charakteristisch erschien. Immer wieder sprach Storm über das Inferiore des preußischen Wesens, von Potsdam als dem großen Militär-Kasino, und äußerte sich abfällig über den Pedantismus und Drill bei der Erziehung. Aber die eigenen Kinder dürfen um sich beißen! Noch Jahre später bewegte den Dichter Fontane das schlechte pädagogische Beispiel. Er war sich sicher, »dass Lyriker, und ganz besonders Romantiker, durch erzieherische Gaben nur sehr ausnahmsweise glänzen«.

LITERATURSTUNDEN

Die »englischen Jahre« unterbrach ein brotloser Zwischenaufenthalt in Berlin. Im Oktober 1852 war in der *Vossischen Zeitung* eine Annonce zu lesen, nach der ein junger Mann, »der soeben von einem längeren Aufenthalt in England zurückgekehrt« sei, »Unterricht im Englischen namentlich Conversationsstunden (über englische Literatur und englisches Leben)« zu erteilen sich anbiete. Der junge Mann hieß Theodor Fontane.

Im Bekanntenkreis übten sich einige Zeit später die vier Töchter der Geheimratsfamilien Flender und von Wangenheim mit Fontane. Frau Geheimrat Gertrud Flender hielt sich viel darauf zugute, einen echten Dichter verpflichtet zu haben, mehr aber noch darauf, selber äußerst literaturkundig zu sein. Häufig erschien sie in persona in den Literaturstunden, ihre Spezialität waren die Minnesänger und der Sängerkrieg auf der Wartburg. Da sie fand, dass Fontane das Ereignis allzu knapp behandelte, ergriff sie das Wort und deklamierte Wolfram von Eschenbach, Walther von der Vogelweide und andere Sänger. Die Verse hatte sie selbst gedichtet.

Einmal bat Frau Gertrud ihren echten Schriftsteller in ihr Kränzchen, damit er dort seine vor kurzem erschienene Novelle »Tuch und Locke« vorläse. Fontane durchlebte beschämende Minuten. Die Literaturkennerin redete unentwegt von einer Novelle »Tuch und Wolle«. Frau Gertruds eigentlicher Horizont war das Kommerzielle, ihr hatte zum Wort »Tuch« nur das Wort »Wolle« einfallen wollen.

C'EST LA VIE

Einen zusätzlichen Verdienst sollten 1853 Vortragsabende zur Historie bei zwei in der Holzmarktstraße wohnenden Offiziersfamilien erbringen. Auf dem Weg dorthin traf Fontane eines Abends den befreundeten Geheimrat Schnaase.

»Nun, lieber Fontane, wohin?«

»Ich will nach der Holzmarktstraße. Es ist etwas weit. In der Regel fahre ich. Aber es ist heute so schönes Wetter.«

»In die Holzmarktstraße? Wie kommt denn das? Da wohnt ja niemand.«

»Oh, da wohnen sehr nette Leute ...«

Fontane nannte die Namen der beiden Offiziersfamilien und dass sein Freund Lepel ihm dort eine Nebeneinnahme verschafft hätte. Schnaase lachte und fragte, ob es denn wenigstens einträglich sei?

»Ach, Herr Geheimrat, das kann ich nun freilich nicht sagen. An solchen Tagen wie heut, wo man alles zu Fuß abmachen kann, nun, da geht es.«

»Aber wenn es regnet?«

»Ja, Herr Geheimrat, wenn es regnet. Und sonderbar, es regnet fast immer. Oder Ostwind, den ich nun mal nicht vertragen kann. Dann stellt es sich so: Droschke hin 5 Groschen, Droschke zurück 5 Groschen, Trinkgeld an den Diener 5 Groschen, Chemisettehemd 3 Groschen. An solchen Tagen schließe ich dann jedesmal mit 3 Groschen Minus ab.«

Schnaase nickte, riet auszuhalten und sagte das weise Wort, so ginge es eben im Leben.

BEOBACHTUNGSGABE

London war in den fünfziger Jahren des 19. Jahrhunderts ein Mittelpunkt der deutschen politischen Opposition – einer der prominentesten Emigranten hieß Karl Marx –, und somit für die deutschen Behörden und die Geheimpolizei ein Ort höchster Wichtigkeit.

Während Fontanes Londoner Jahren lebte mit Edgar Bauer ein Mann mit revolutionärer Vergangenheit an der Themse. Bauer hatten nach der Revolution von 1848 in Deutschland Verhaftung und Festungsstrafe gedroht, und er war nach norddeutschen und dänischen Umwegen 1851 nach London gekommen. In Norddeutschland hatte er bei der *Altonaer Zeitung* gearbeitet, die von der dänischen Regierung finanziert wurde, um publizistisch ihre Interessen in Schleswig-Holstein zu vertreten. Bauer traf in London als Korrespondent der *Altonaer Zeitung* ein und wirkte als konspirativer Berichterstatter der dänischen Regierung. Er belieferte sie mit geheimen Berichten über die gesamte europäische Emigration in London. Ein Teil dieser Berichte ging in Abschriften nach Dresden, Hannover und Wien. Edgar Bauer wusste aus allem und jedem eine Information für die Behörden zu machen.

In acht Dossiers zwischen Juli 1857 und Oktober 1858 berichtete er auch über Theodor Fontane. Er hielt den Korrespondenten der *Kreuzzeitung,* dem vom Minister Manteuffel gesteuerten Blatt, für seinesgleichen und bezeichnete ihn als den »Preußischen Agenten Fontane«.

»Ein gewisser Fontane, der ursprünglich seines Gewerbes ein Apotheker war und der einen Band Gedichte herausgegeben hat, hält sich gegenwärtig im Auftrage des Herrn von Manteuffel in London auf. Schon vor anderthalb Jahren besuchte er in Begleitung eines Berliner Literaten namens Wenzel London, und er unterhandelte damals mit dem Besitzer der Lithographischen Korrespondenz, Schlesinger, wegen des Ankaufs dieser Lithographie, die wohl fortan mehr im Preußischen Sinne redigiert werden sollte. Der Handel zerschlug sich. Jetzt hat Fontane das Amt, Artikel, welche die preußische Politik verteidigen, in hiesige Blätter einzuschmuggeln, der Berliner Zeit Korrespondenzen zu senden und ab und zu wohl auch der Preußischen Gesandtschaft einen Report zu erstatten. Soweit ich Fontane kenne, ist seine Beobachtungsgabe gerade nicht so glänzend ...«

TAGEBUCHSCHREIBER

»No jokes with names« – das weiß jeder Journalist. Aber im Tagebuch, da kann man seinem Affen Zucker geben! Englandkorrespondent Fontane notierte am 30. Mai 1852: »In Richmond, im ›Greyhound‹ gegessen, der Wirt heißt Furz, was im Englischen hoffentlich weniger besagen will als im Deutschen. Bei uns wäre der Mann verloren, denn einmal untergräbt es den Appetit, zweitens könnte man auf die Frage ›bei wem essen Sie?‹ nie Antwort geben.«

Die IDEE *zu den* WANDERUNGEN *durch die Mark*

Eines schönen Sommertages in Schottland bestieg Fontane das Dampfschiff »Rob Roy«.

Fontane sitzt auf dem Hinterdeck des Steamers, ein Plaid auf den Knien, aus dem Schornstein quellen die schwarzen Rauchwolken, die Schaufelräder an den Schiffswänden rasseln, und eigentlich ist es nicht anders als an der Flussmündung von Elbe und Oder. Besser noch wäre die Fahrt wegen der Fülle »historisch romantischer Anknüpfungen« mit einer Rheinreise zu vergleichen. Doch in den heimatlichen Marken gibt es einen Fluss und eine Gegend, die es mit dem schottischen Firth of Forth aufnehmen können: »Ein solcher Fleck Erde ist das beinahe inselförmige Stück Land, um das die Havel ihr blaues Band zieht. Es ist der gesunde Kern, daraus Preußen erwuchs, jenes Adlerland, das die linke Schwinge in den Rhein und die rechte in den Njemen taucht. Wohl ist es deutungsreich, dass genau inmitten dieser Havelinsel jenes Fehrbellin liegt, auf dessen Feldern die preußische Monarchie gegründet wurde. Und welch historischer Boden ist diese Insel überhaupt!« Die Quitzows und die Humboldts sind hier zu Hause, Schinkel und Schadow geboren.

Fontane brachte als wichtigstes britannisches Mitbringsel die Idee für seine Wanderungen durch die Mark mit. »Wenn ich noch dazu komme, das Buch zu schreiben, so hab ich nicht umsonst gelebt«, schrieb er im August 1856 in sein Tagebuch.

LONDONER JAHRE

In Berlin hatte Wilhelm I. die Regentschaft übernommen, das Kabinett Manteuffel seine Entlassung erhalten. In London bat am Tag darauf Fontane um Auflösung seines Korrespondentenvertrags. Am 6. November 1858 schrieb er Freund Bernhard von Lepel: »Die Sache, bei Licht betrachtet, ist nun einfach die: ›Ich bin weder ein Kreuzzeitungs-Mensch noch ein Manteuffelianer, noch ein besonderer Anhänger des neuen Ministeriums von Bethmann Hollweg bis Patow*, ich bin ganz einfach Fontane …‹«

Am 15. Januar 1859 endeten Fontanes Londoner Jahre. Die Ausbeute: die Bücher »Ein Sommer in London«, »Aus England. Studien und Briefe über Londoner Theater, Kunst und Presse« und »Jenseits des Tweed. Bilder und Briefe aus Schottland.« Nach Berlin brachte der Dichter mit: eine tiefe Abscheu gegen das englische Essen, eine lebenslange Sympathie gegenüber dem Englischen, die Verwicklung in die konservative, um die *Kreuzzeitung* gruppierte Variante der preußischen Politik. Er brachte von der Insel das ungebrochene Bewusstsein mit, zuerst ein Schriftsteller zu sein – »Meine Herren, vergessen wir nicht, auch das konservativste Blatt ist immer noch mehr Blatt als konservativ.«

* August von Bethmann Hollweg, Kultusminister, Großvater des Reichskanzlers Theobald von Bethmann Hollweg; Robert von Patow, Finanzminister

FONTANE BAYRISCH

Fontane war aus England mit der Hoffnung zurückgekommen, eine Stellung im preußischen Staatsdienst zu bekommen. Wieder einmal erfüllten sich seine Erwartungen nicht. Freund Paul Heyse, in München fest etabliert, versuchte, eine angemessene Stelle am bayrischen Hof für Fontane zu finden. Der französische Preuße sagte zu, sich bei König Maximilian II. vorzustellen, und reiste Anfang März 1859 nach München. Wenn es denn sein musste, warum nicht auch Königl. bayrische Balladenstoffe! Nach langem Warten empfing ihn der König am 19. März. Mit drei paar wollenen Strümpfen hatte Fontane seine Füße so dick und elastisch gemacht, dass alle Risse und Falten in den Lackstiefeln ausgeplättet waren. »Dies machte mich sehr glücklich und war mir eine gute Vorbedeutung.« Doch weder die schottisch-preußischen Balladen, die er las, noch die Lackstiefel beförderten ihn zum bayrischen Dichter. Mehr als freundliche Worte hatte der König nicht übrig. Was blieb Fontane anderes, als die Sache mit Humor zu nehmen. »Ich glaube nicht, dass nur eine Stellung, ein bestimmtes Verhältnis den Menschen glücklich macht, mit Ausnahme der Ehe, wenn man den kleinen Teufel gekriegt hat, der im Himmel für einen bestimmt wurde«, schrieb er gleich nach der Audienz seiner Frau, und einen weiteren Brief an Wilhelm von Merckel am letzten Märzsonnabend, als er sich nach vierwöchigem vergeblichen Aufenthalt daran machte, seine Rechnung im »Augsburger Hof« zu begleichen. Das Geld reichte nicht für die Rückreise! Er habe sich beim Geldzählen um einen 5-Reichstaler-Schein geirrt, schrieb er, und bitte um die doppelte Summe. Unmittelbar nach Eingang des Briefes am Sonntag möge Merckel die Summe für Montag an den Leipziger Gasthof »Stadt Rom« adressieren, wo er auf der Rückreise Station mache, damit sie unter allen Umständen am Dienstag früh in seinen Händen sei.

Nicht nur der Freund, auch die Post erwies sich als zuverlässig.

PAUL HEYSE

Mit Paul Heyse, zu dieser Zeit ein deutscher Großschriftsteller, war Fontane seit den gemeinsamen Tagen in der Literatenvereinigung »Tunnel über der Spree« zu Beginn der fünfziger Jahre befreundet. Unter den Dichtererinnerungen in Fontanes Lebenserinnerungen »Von Zwanzig bis Dreißig« war das Kapitel über Paul Heyse das kürzeste. Fontane erklärte seinen Lesern die Knappheit mit dem Entschluss, über Unberühmtheiten verhältnismäßig viel, über Berühmtheiten verhältnismäßig wenig zu sagen. Als Frau und Kinder ihn wegen der Kürze kritisierten, stellte er klar, dass solche Schreiberei nicht eine Sache der Freundschaft sei. Fontane lobte sparsam. Noch kürzer aber fiel seine Kritik aus: »Paul Heyse. Alle zwei Jahre ein Kind, alle Jahre ein Drama, alle halb Jahre eine Novelle.« Er sagte es nur unter vier Augen. Die Nachwelt kann es in einem Brief an den Freund Theodor Storm nachlesen.

Der WANDERER

Der Wanderer Fontane durchstreifte die Mark Brandenburg am seltensten zu Fuß. Er reiste in gemieteten Kutschen, im Nichtrauchercoupé der Eisenbahn, auf Dampfschiffen und Kähnen. Er bevorzugte bequeme Quartiere und ärgerte sich auf beinahe allen Reisen über schlechte Hoteliers und Gastwirte. »Sonst reisten bevorzugt Individuen, jetzt reist jeder und jede.« Er rechnete das Massenreisen zu den Eigentümlichkeiten seiner Zeit. Zeitlos waren in der Mark nur Schlösser, Wälder, Klosterruinen und Seen. »Glaube nicht, weil du die Preise kennst, die Sprache sprichst und sicher bist vor Kellner und Vetteurinen, dass du es deshalb kannst, ›weil ja alles so nahe liegt‹. Die Nähe tut es nicht.« Doch alles erwogen, sagt Fontane, dann »wag es getrost, du wirst es nicht bereuen.« Am 18. Juli 1859 machte er die erste Wanderung durch das Ruppinische. Zu Fuß.

NICHT OHNE SCHAL

Dreißig Jahre lang, bis 1889, unternahm Theodor Fontane seine Fahrten durch die Mark und brachte es in dieser Zeit auf nicht weniger als einhundertzehn Ausflüge. Stets hatte er ein Cache-nez dabei, ein Seidentuch, das er sich immer sorgfältig um den Hals legte, bis auf die Hochsommermonate, wo er es in der Hand trug, wie andere einen Spazierstock, um es umzubinden, sobald nur ein Lüftchen zu spüren war.

Bei Nacht kamen noch zwei weitere seidene Tücher hinzu. Dieser großen Vorsicht meinte er, sein Wohlbefinden zu verdanken. »Auch ich habe gehustet; wer hätte nicht. Wie jeder mal geliebt hat, so hat jeder auch mal gehustet; es kommt nur darauf an, wie lange es dauert und womit man die Sache kuriert.«

SCHWEINE *sind es*

Es regnete und regnete. »Am Freitag Regen mit Pauke, heute Regen mit Regen«, berichtete Fontane im September 1873 aus Neuruppin an Frau Emilie. Und auch das noch: Als er seine Besuche machen wollte, habe er »natürlich niemanden angetroffen«. Er kehrte in einen Gasthof ein, »speiste mit dem Wirt selber [...]. Brühsuppe, Schnittbohnen und Hering, und Kalbsbraten. Es hatte einen Wert von 5 Silbergroschen, kostete aber 15, die ich, mit Rücksicht darauf, dass ich der einzige Gast war, gern bezahlt hätte, wenn nicht der Wirt selbst [...] durch Verbrauch von wenigstens 15 Zahnstochern und beständiges Nachhelfen mit allen fünf Fingern (und was für welchen) mir den Appetit total verdorben hätte. Ich empfand wieder ganz die Wonne, einem höheren Kulturvolk – nach einigen dem ›einzigen‹ – anzugehören. Schweine sind es und Rüpel, nur dies steht fest.«

Da hatte es ihm an diesem märkischen Regentag auch noch gehörig die Mahlzeit verhagelt!

LEBENSLAUF

Brief an Theodor Storm, Juli 1860: »Der Unterzeichnete oder ›der Gefertigte‹, wie die Österreicher sagen. Ging 1855 im September nach England, kam im Januar 1859 zurück. Wurde als ›reaktionsverdächtig‹ beiseite gesetzt, fungierte 5/4 Jahre als ›freier Schriftsteller‹ und trat dann vor etwa sechs Wochen als Redakteur des englischen Artikels bei der *Kreuzzeitung* ein. Der Verachtung eines freien Schleswig-Holsteiners ist er also unweigerlich verfallen. Muss sich darin finden und trägt es mit Fassung. Sie müssen denken: ›er war von je ein Bösewicht‹. – Ich beschäftige mich jetzt ausschließlich mit dem Studium unsrer Mark und habe zwei darauf Bezug habende Arbeiten vor, die mich ohngefähr zehn Jahre kosten und zwanzig Bände füllen werden. So bricht jeder verschieden in den Tempel des Ruhms ein, um darin zu verweilen, bis man durch andre rausgeschmissen wird, Sie wie ein Sonnenstrahl oder eine Toledoklinge, ich wie ein Frachtwagen. Eines schickt sich nicht für alle.«

FLANEURE

Bei einem Berliner Besuch Storms im Jahr 1862 machte Fontane mit dem Freund einen Spaziergang durch den Tiergarten. Sie sprachen lebhaft über Rückert, Uhland, Mörike, Lenau und wie feine Lyrik eigentlich sein müsse. Zur Mittagsstunde passierten sie das Brandenburger Tor und verspürten das Bedürfnis nach einem Imbiss. Fontane schlug die nahegelegene Wohnung in der Alten Jakobstraße vor, Storm wollte in das vornehme Café Kranzler. Fontane erschrak. Storm war nicht gerade für einen Kranzlerbesuch angezogen. Er trug gelbliche leinene Hosen und Weste, die fürchterlich zerknittert waren. Darüber eine grüne Jacke, Reisehut und einen Schal von endloser Länge um den Hals und mit einem kurzen und einem langen Ende über die Brust hängend. An jedem befand sich eine hin- und herpendelnde Puschel. Vergeblich versuchte Fontane, Storm in ein anderes Café zu dirigieren. Storm strebte unaufhaltsam der berühmten Ecke Unter den Linden zu, »wo die Gardekürassiere uns anlächelten, weil wir ihnen ein nicht gewöhnliches Straßenbild gewährten«. Fontane hoffte, Storm würde wenigstens, nachdem er am Kuchenbüfett ein langes Gespräch geführt hatte, auf den Stühlen einer nahen Fensternische zum Sitzen kommen. Doch Storm lief, den schmalen Weg zwischen Büfett und Fenster blockierend, unentwegt auf und ab, über Mörike, Uhland, Rückert, Lenau und die feine Lyrik redend. Immer lauter mit der Zeit. Mit einem immer heftiger pendelnden Puschelschal.

BILDUNGSERLEBNIS

Fontane war ein Flaneur aus Passion. Ein täglicher Spaziergang durch den Tiergarten oder entlang des Landwehrkanals musste sein, selbstverständlich korrekt gekleidet, so wie es ein angesehener Bürger zu halten hatte. An Tagen, an denen der gewohnte Spaziergang ausfiel oder keine Gäste erwartet wurden, begnügte er sich oft mit einem schlichten Hauskostüm aus ungestärktem Hemd, einer alten Hose und einem Schlafrock. Der Bequemlichkeit halber blieben die Hosenträger an der Ausgehhose. Für die Familie ein gewohnter Anblick. Doch eines Tages mit Folgen. Aus dem Sessel aufstehend, kam es, wie es seit langem kommen musste. Dem Dichter rutschten die Hosen herunter. Sohn Theo rettete die Situation literarisch. »Abfall der Niederlande«, rief er gebildet.

VATER *und* SOHN

Im Jahr des Hochzeit des Sohnes Theodor hatten sich Louis Henri und Frau Emilie getrennt, die Mutter ging nach Neuruppin, der Alte wohnte zuletzt mit seiner Haushälterin Luise in einem kleinen Häuschen der Schifferkolonie »Schiffmühle« nahe der alten Oder, das Städtchen Freienwalde im Rücken. Der Sohn besuchte den schiefgewickelten Weltweisen über ein Jahrzehnt lang alle Jahre einmal. Im Sommer 1867 sollte es der letzte Besuch sein.

Luise servierte Eierkuchen und sagte, der Vater höre ihr zwar zu, aber sie sei doch dumm, und es sei doch schön, dass jetzt der Sohn da sei. Und der Sohn sagte: »Ach, Luise, reden Sie doch nicht so was. Das wird ja so schlimm nicht sein. Jeder ist klug, und jeder ist dumm.« Und Louis Henri, der sein Vermögen vertan, den Sohn enttäuscht, die Ehe mit Frau Emilie zerstört hatte, sagte: »Sieh, ich hatte noch nicht ausgelernt, da ging ich schon in den Krieg, und ich war noch nicht lange wieder da, da verlobte ich mich schon. Und an meinem dreiundzwanzigsten Geburtstag habe ich mich verheiratet, und als ich vierundzwanzig wurde, da lagst du schon in der Wiege ... das mit der Unerfahrenheit bleibt ein schlimmes Ding.«

Louis Henris Leidenschaften hatten sich gelegt. Des Lebens Irrtümer waren von ihm abgefallen, je bescheidener sich im Laufe der Jahre seine Verhältnisse gestalteten. Vater und Sohn blickten zurück. Luxuriöser Lebensstil, rassige Pferde, Glücksspiel, Umherziehen, was waren sie anderes als die Sehnsucht nach einem anderen als einem stillstehenden Leben? Der Sohn kannte solche Sehnsüchte. Er war ihnen nur auf anderen Wegen nachgegangen. Die Literatur war sein Lebensabenteuer geworden. Jetzt konnten sich die beiden Fontanes treffen.

Den alten Vater Fontane vor Augen schrieb Fontane den Satz: »Wie er ganz zuletzt war, so war er eigentlich.«

GENIE

Am 20. April 1870 reiste Fontanes Frau Emilie nach London, um die zehnjährige Tochter Mete zur befreundeten Familie Merington zu bringen. Mete sollte in London ein Jahr lang die Sprache erlernen, die Papa so schätzte. Der Strohwitwer nutzte sofort die Situation aus. Er kündigte den demütigenden journalistischen Frondienst bei der *Kreuzzeitung*, der allerdings der Familie 1000 Taler im Jahr gesichert hatte. Bei der besorgten Ehefrau Emilie löste der Schritt heftige Reaktionen aus. Ein Sturm wehte über den Kanal.

»Die Genies haben für ihre Angehörigen doch zuweilen recht schwer zu ertragende Einfälle!«, notierte die Freundin der Familie, Henriette von Merckel, und dass Fontane fest an sein Genie glaube. Fontane hatte in diesen Tagen aber auch von sich gesagt, ich bin »ein armer titelloser Schriftsteller, den einige kennen und viele nicht kennen«.

Bei der *Vossischen Zeitung* kannte man ihn. Sie nahm Fontane unter Vertrag, künftig regelmäßig über die Theateraufführungen im Königlichen Schauspielhaus am Gendarmenmarkt für das Blatt zu schreiben.

ECKPLATZ NO. 23

Mit dem Beginn der Spielzeit des Jahres 1870 nahm Fontane am 17. August zum ersten Mal im Parkett des Schauspielhauses den Platz ein, auf dem er als Theaterkritiker nun für zwanzig Jahre sitzen sollte. Die erste Aufführung, die er besprach, war Schillers »Wilhelm Tell«, die letzte Gerhart Hauptmanns »Friedensfest«. Der Platz war in die scharfe Ecke zwischen Proszeniums- und Parkettlogen hineingebaut. Fontane saß dort wie auf dem Präsentierteller und fühlte sich unwohl: »Wer eine hohe Meinung von sich hatte, der konnte sich beglückt fühlen, hier ein Gegenstand der Aufmerksamkeit zu sein. Wer dieses Gefühls entbehrte, für den war es peinlich, abgesondert von allen anderen sitzend und zwangsläufig ein Gegenstand der Aufmerksamkeit zu sein. Denn man bilde sich nur nicht ein, dass ein Theaterkritiker ein Richter ist, viel öfter ist er ein Angeklagter. ›Da sitzt das Scheusal wieder‹, habe ich sehr oft auf den Gesichtern lesen können.«

Seine Theaterkritiken in der *Vossischen Zeitung* zeichnete er meist mit dem Kürzel »Th. F.«. Der spottlustige Adolf Glaßbrenner löste das Kürzel in der *Berliner Montagspost* vom 6. November 1871 als der »Theater-Fremdling« auf.

PATRIOTISCHES

Im Juli 1870 waren die Fontanes in die Sommerferien nach Warnemünde gefahren. Hier an der Ostsee erlebten sie den Ausbruch des deutsch-französischen Krieges. Das Gerücht ging um, die französische Flotte sei dabei, in die Ostsee einzulaufen.

»Die Sache wird hier gefährlich«, sagte Fontane zu Emilie. »Die Franzosen können jede Nacht landen und entführen dich. Was fang ich dann an?«

Von Sohn George, Fähnrich der Kriegsschule – weil so gar nichts aus ihm werden wollte, hatten die Eltern ihm die Militärkarriere empfohlen –, kam ein seltsamer Brief. »Wir werden diesen Pflaumenschmeißern schon zeigen, was eine Harke ist …« George schrieb sonst nur, wenn er Geld brauchte. So auch jetzt. In sechs Tagen kamen sieben Briefe. Er brauche Geld für seine Equipierung, weil überall eine »furchtbare Abgebranntheit« herrsche.

Fontane war bereit, sechs Hemden für die vaterländische Pflicht zu versetzen, aber keinen Pfennig für Georges sonstige Schulden zu opfern.

Ansonsten fand er es in Warnemünde wunderbar. Wohltuend still im Gegensatz zu der patriotischen Erregung in Berlin mit unendlich viel Blech.

ALLIANZEN

Die Mehrzahl seiner Buchseiten hatte Fontane bis 1870 mit Berichten über die Kriege gefüllt, die Preußen in den zurückliegenden Jahren unter Bismarck geführt hatte. Es waren fast viertausend Druckseiten. Fontane hatte als Wanderer auf Kriegsschauplätzen geschrieben: über den »Schleswig-Holsteinischen Krieg im Jahre 1864«, den die Preußen mit den Österreichern gegen die Dänen geführt hatten. Gleich zwei Bücher über den Krieg der Preußen gegen die Österreicher und die Mehrheit der Staaten des Deutschen Bundes. Die »Reisebriefe vom Kriegsschauplatz« in Böhmen und »Der deutsche Krieg von 1866«.

Nun marschierten die Preußen gemeinsam mit allen deutschen Bundesstaaten unter Bismarcks Regie gegen die Franzosen. Sachsen und Preußen nebeneinander, die noch 1866 aufeinander geschossen hatten. Die Klinge gekreuzt hatten auch Fontane und der Verleger seiner Kriegsbücher Ludwig Rudolf von Decker. War Fontane »Der deutsche Krieg von 1866« doch anstatt der vereinbarten 30 Druckbogen auf über 50 geraten, und hatte Decker nur 30 bezahlen wollen. Unter der Fahne von 1870 fanden auch Verleger und Autor zur Allianz. Fontane erhielt von Decker den Auftrag, den deutschen Truppen zu folgen und aus unmittelbarer Anschauung ein Werk zu schreiben. Im September erklärte der Autor seinem Verleger, er fahre nun los, um sich die französischen Schlachtfelder anzusehen.

NUR *ein* SCHRIFTSTELLER!

Am 3. Oktober 1870 traf Fontane in Toul ein, der lothringischen Stadt nahe Domrémy, dem Geburtsort der Jeanne d'Arc. Am Morgen des 5. Oktober machte er sich auf den Weg dorthin. Domrémy lag in einem von den deutschen Truppen noch unbesetzten Gebiet. Zur Sicherheit vor Überfällen trug Fontane einen Stockdegen und einen in der Reisedecke versteckten Revolver bei sich, am Ärmel des Mantels eine Armbinde des Roten Kreuzes.

Am Nachmittag schon war er an der legendären Geburtsstätte der Jungfrau und gerade dabei zu prüfen, ob ein kleines Denkmal der Jeanne d'Arc aus Bronze oder nur aus gebranntem Ton sei, als ihn einige Männer umringten, die wenig Lust zeigten, auf Fontanes höfliche Frage nach dem Material der Statue einzugehen, sondern barsch seine Papiere verlangten. Rasch wurden bei Fontane die Waffen entdeckt und der dubiose Besucher aus Toul, von wo das Anrücken der Preußen erwartet wurde, von den Freischärlern als Spion verhaftet. Auch die regulären Militärbehörden konnte er nicht überzeugen, lediglich ein Schriftsteller zu sein, der wegen eines Buches den Kriegsschauplatz bereiste. Alle Indizien sprachen dafür, er sei in Wahrheit ein verkappter preußischer Offizier.

Fontane rechnete mit seiner Erschießung. Als ein solches Urteil ausblieb, nahm er erleichtert die Haft, die sich wiederholenden Verhöre und die Odyssee durch verschiedene Militärgefängnisse, die im November auf der Atlantikinsel Oléron endete, in Kauf.

An die militärische Jungfräulichkeit eines Besuches bei der Jungfrau von Orléans während eines erbitterten Krieges hatte nur der Wanderer Fontane geglaubt. »Oh, Jeanne d'Arc! Ich muss für Dich teuer bezahlen«, stöhnte der schreibende Tourist, der eine Sehenswürdigkeit in Feindesland hatte besichtigen wollen.

HUNGERSNOT

Familie Fontane erhielt die erste Post vom Häftling Theodor Fontane am 24. Oktober. »Meine Situation beschreibe ich Dir nicht, der Hohn des Volkes ist furchtbar. Gott sei mit uns und kläre diese Nebel.« Fontane machte zahlreiche Vorschläge, auf welche Weise man die französische Regierung wissen lassen solle, dass er nichts weiter als ein Schriftsteller pur et simple sei: durch Hilfe englischer und belgischer Gesandtschaften, durch eine Intervention des literarischen Freundes und Berliner Universitätsprofessors Moritz Lazarus beim französischen Justizminister Crémieux, durch Fürsprache beim französischen Ministerpräsidenten Julius Favre.

Fontanes jüngster Sohn, der sechsjährige Friedel, jammerte, als er von der Verhaftung des Vaters hörte: »Nun müssen wir alle verhungern!«

MARSCHMUSIK

Vom ältesten Sohn George trafen daheim Briefe von der Front ein. Später einmal kam Fontane auf sie zurück und fand die Vorlage für ein lebensphilosophisches Bonmot darin: »Ich halte es«, schrieb er an Emilie, »wie unser Sohn George. Als er zur 1. Kompanie kam, schrieb er: er habe nun den Vorteil, der Musik am nächsten zu marschieren, eine Version, die er, als er einige Wochen später zur 4. und letzten Kompanie kam, dahin abänderte: er habe nun den Vorteil, die Musik des unmittelbar folgenden Bataillons zu hören. Er hat ganz recht; es kommt immer nur drauf an, dass, wie und wo man auch marschiert, man allerorten die Musik des Lebens hört. Die meisten hören nur die Dissonanzen.«

BLITZKRIEGE

Bismarcks Kriege waren schneller, als ihr Chronist Fontane schreiben konnte. Das Buch über den Feldzug von 1864 in Schleswig-Holstein, der zur Loslösung der Herzogtümer von Dänemark und ihrem schließlichen Anschluss an Preußen führte, kam im Jahr 1866 heraus, als die Preußen im Kampf um die deutsche Vorherrschaft die Österreicher in Böhmen schlugen. Die Korrekturbogen seines Buches über den 1866er Krieg sah Fontane nach den ersten Schlachten des Kriegs von 1870/71 in französischer Kriegsgefangenschaft durch. Der letzte Teil des 70er Kriegsbuches erschien fünf

Jahre nach den Kämpfen. 1872 hatte Fontane einem Bekannten geschrieben: »Ich muss nun endlich mit Energie an mein 70er Kriegsbuch gehen; es überrascht mich sonst wieder der ›Krieg mit Russland‹ …«

FRISCHE FARBEN

Häftling Fontane hatte das Glück im Unglück, sich bald wieder mit seinen schriftstellerischen Sorgen plagen zu dürfen. Das mit seinem Verleger Rudolf von Decker verabredete Kriegsbuch! Das Honorar! Ein Buch über Schlachten und Heldentaten würde es nach Fontanes Inhaftierung nicht werden können. Aus unmittelbarer Anschauung kannte er vom deutsch-französischen Krieg lediglich seine Gefangenschaft. Aber der Inselkommandant von Oléron hatte ihm aus der Schriftstellerseele gesprochen, als er sagte, es wird der Tag kommen, »wo Sie die Gefangenschaft auf der Île d'Oléron segnen werden; Sie werden einen guten Stoff gewinnen und ihr zukünftiger Biograf noch einen besseren«. Schon auf dem Weg nach Oléron hatte Fontane seine neue aufregende Kriegsgeschichte zu schreiben begonnen.

»Seit gestern bin ich hier auf der Insel d'Oléron im Atlantik zwischen La Rochelle und Bordeaux«, teilte er Verleger Decker mit. »Ich werde hier sehr fleißig sein und hoffe, dass meine Gefangenschaft einen guten Einfluss auf den Gehalt meiner Geschichte von 1870 haben wird. Ich werde frische Farben auf meine Palette bekommen.«

BRIEFE *und* NOTEN

Der französische Justizminister Crémieux antwortete auf den Brief, mit dem sich der Berliner Gelehrte Moritz Lazarus für Fontane in die Bresche geworfen hatte, am 20. November 1870: »Ich denke, dass in diesem Augenblick Herr Fontane, Ihr Schutzbefohlener und der Ihrer gelehrten Kollegen, frei ist. Ich habe keinen Augenblick verloren, aber er war nach der Insel Oléron verschickt worden, wodurch seine Freilassung verzögert wurde. Leider, lieber Herr, darf man nicht unserem treuen Frankreich Menschlichkeit in diesem barbarischen Kriege, den man gegen uns führt, anempfehlen, Gott wird richten.«

Zu diesem Zeitpunkt hatte schon Bismarck interveniert, nachdem Freunde Fontanes im preußischen Kriegsministerium vorstellig geworden waren. In einer offiziellen Note hatte Bismarck den amerikanischen Botschafter in Frankreich gebeten, sich bei der französischen Regierung für Fontane zu verwenden: »Mein Herr! Nach glaubwürdiger Mitteilung ist Dr. Fontane, ein preußischer Untertan und wohlbekannter Geschichtsschreiber, auf einer wissenschaftlichen Reise in französischen, durch deutsches Militär besetzten Distrikten, verhaftet und nach Besançon abgeführt worden, wo er in Lebensgefahr zu sein scheint. Nichts kann ein derartiges Vorgehen gegen einen harmlosen Gelehrten rechtfertigen. Ich bitte Sie daher, die Güte zu haben, formell seine Freilassung von der französischen Regierung zu verlangen und ausdrücklich zu erklären, dass wir im Weigerungsfalle eine gewisse Anzahl von Personen in ähnlicher Lebensstellung in verschiedenen Städten Frankreichs verhaften und nach Deutschland schicken und ihnen dieselbe Behandlung zuteil werden lassen, die dem Dr. Fontane in Frankreich beschieden ist ...«

In Domrémy wurden drei Bürger als Geiseln verhaftet. Am 29. November war Fontane frei. Dass der belesene Bismarck sich später an den Mann erinnerte und einen seiner Romane in die Hand nahm, ist nicht überliefert. Auch Fontane hat von der Intervention Bismarcks nie erfahren.

DAS RHINOZEROS

Anfang Dezember 1870 war Fontane wieder in Berlin und nahm sich die »Ehre«, dem Königlichen Allgemeinen Kriegsdepartement »Anzeige davon zu machen, dass ich am 5. Dezember aus der Kriegsgefangenschaft zu Chateau, Île d'Oléron wieder hier eingetroffen bin. Der Entlassung der drei Geiseln aus Domrémy dürfte somit nichts weiter im Wege stehen.«

Fontane war plötzlich prominent, schon sein unfertiges Manuskript gefragt. Die *Vossische Zeitung* begann einen Vorabdruck seines Gefangenenberichtes. Selbst die *Gartenlaube* meldete sich bei Fontane, um ihn mit Text und Holzschnitt unter die berühmten Zeitgenossen aufzunehmen, »besinnt sich aber eines bessren, da sie erfährt, dass alle meine Glieder heil geblieben sind«. Fontane nahm den Ruhm ironisch. Es ist ja nur ein Zeitungsname, meint er, und »›um das Rhinozeros zu sehn‹, drängt sich jetzt alles an mich ...«

RUPPSÄCKE

Fontane hatte beim Aufsehen, das seine Gefangenschaft erregte, das ungute Gefühl, eine rasche Enttäuschung über den gedruckten Kriegsbericht könne nicht ausbleiben. »Die Leute erwarten eine haarsträubende Räubergeschichte mit Hungerturm und Kettengerassel …« Sie war denn auch keine Sensationsgeschichte. Sie war einigen viel zu zivil. Und anderen zu dick.

»Ich muss Dir, lieber Vater, und auch im Namen aller unserer Herren, einen kleinen Vorwurf machen«, warf ihm im Februar 1871 Sohn George im Leutnantston vor. »Du musst ein ganz besonderes Glück gehabt haben; unter den vielen Franzosen, die ich die Ehre gehabt habe, kennenzulernen, waren nur sehr, sehr wenige, für die ich ein gewisses tendre haben möchte … Außerdem stinken die Kerls alle nach Knoblauch und Zwiebel. Fast noch schlimmer ist es mit den Französinnen, mit wenigen Ausnahmen alle hässlich und schmutzig …«

Zu umfangreich war wieder einmal das Buch Fontanes knauserigem Verleger Decker. Im Verlag sprach man von »künstlich erreichter Dicke«, Fontane dafür später von Decker als einem Ruppsack.

ELEFANTEN-GEDÄCHTNIS

Jahre lag es zurück, dass Fontane das erste Manuskript seiner »Wanderungen durch die Mark Brandenburg« seinem Verleger Wilhelm Hertz gebracht und um einen Vorschuss von 50 Talern gebeten hatte. Dieser reichte ihm einen Hunderttalerschein mit der Bemerkung: »Geben Sie 50 Taler re!« Fontane fasste es als Ironie auf und war ohne Vorschuss gegangen.

Als er einmal mit Hertz durch den Tiergarten spazierte und die Rede auf die hohen Honorare kam, die den modernen Dichtern jetzt von ihren Verlegern gezahlt wurden, sagte Fontane: »Ja, es gibt eben solche und solche Geschäftsleute; ich habe gerade keine anständigen kennengelernt.« Bestürzt erwiderte der Verleger: »Wofür halten Sie mich denn?« Heiter lächelnd versetzte Fontane: »Na, allzu große Noblesse bedrückt Sie grade auch nicht.«

Einige Tage darauf gab Fontane der erstaunten Emilie eine unerwartete Einnahme mit den Worten: »Der Stich mit der Noblesse scheint doch gesessen zu haben.«

TRICKS

Fontane habe nie mehr als drei Mark Kleingeld im winzigen Portemonnaie bei sich getragen, wusste der Publizist Gustav Dahms zu berichten. Seine Barschaften verwahrte der Dichter im Schreibtisch in Briefumschlägen, auf denen die Höhe des Inhalts notiert war. »Oft prangten noch ›50‹ oder ›30 M‹ auf dem Umschlag, wenn er schon längst leer war.« Eine Selbsttäuschung, denn Geldmangel sollte ihn in seinem Schaffen nicht verstimmen.

KLINGKLANG

Schwester Elise lebte nach der Trennung der Eltern zunächst bei ihrer Mutter und später allein in Neuruppin. Das dunkelgelockte Mädchen war von auffallender Schönheit und Mittelpunkt aller Bälle und Feste in der Garnisonsstadt. »Jugend ist nun mal Jugend und amüsiert sich bei Beinstrapaze und Geigenquietsche«, sagte Bruder Theodor. Beinahe jeder der Leutnants des in Neuruppin stationierten Infanterieregiments verliebte sich in das schöne, charmante, plauderhafte Fräulein Fontane. Das Unglück war nur, dass keiner der Leutnants über das Geld für die bei der Armee zu hinterlegende Heiratskaution verfügte.

Weil die Hochzeitsglocken für die schöne Schwester Lise nicht läuten und läuten wollten, ließ der Bruder sie ab und an wenigstens in einem Gedicht klingen. »Vertage die Sorgen / Bis auf Morgen / Eh du gedacht / Kommt Hülfe über Nacht«, dichtete er zu ihrem 22. Geburtstag.

Zu ihrem 25. Geburtstag ermunterte er sie: »Finde einen Mann, aber einen guten, sonst verlohnt sichs nicht der Mühe; wiewohl ich andrerseits einräume, dass alte routinirte Ehekrepel gut reden haben. Selbst ein ›Männeken‹ ist am Ende immer besser als gar nichts. Nur die ganz schlimmen sind schlimm.«

Der Bruder war sich sicher, dass auch die kleine Schwester noch »zu einem guten Fange« kommen würde. Die ältere Schwester Jenny hatte ihn längst gemacht, als sie 1850 den Apotheker Hermann Sommerfeldt heiratete, der gleich auch noch die Fontanesche Apotheke im Oderbruchdorf Letschin erwarb. Sommerfeldt machte energisch Karriere, finanzielle und familiäre. »Längst spiele ich die Rolle eines vorweg entthronten Kronprinzen«, resignierte Sohn Theodor gegenüber dem erfolgreichen Schwager 1867, als Vater Louis Henri starb und Sommerfeldt den Nachlass samt der alten Fontaneschen Familienuhr übernahm.

Ein bisschen Klingklang hätte Theodor allerdings gern gehört. »Dermaleinst bei dem Schlage derselben Uhr sterben zu können, bei deren Ticktack Vater und Großvater gestorben waren«, war sein Wunsch. Sommerfeldt gab nach.

Und ein paar Jahre darauf hörte auch Schwester Lise die Hochzeitsglocken. Allerdings hatte Bruder Theodor nicht an die in der Zukunft liegende Hochzeit Lises gedacht, als er dem reichen Manne schrieb: »Und das Praktische bleibt zuletzt das Siegreiche.«

Die KLEINE SCHWESTER

Im Sommer 1874 fuhr Lise mit Schwester Jenny und Schwager Sommerfeldt nach Seidorf am Fuße des Riesengebirges für ein paar Urlaubswochen, die zu dieser Zeit noch »Sommerfrische« hießen. Lise war nun schon über dreißig und noch immer unverheiratet. Der reichgewordene Apotheker imponierte in Seidorf, wo immer er hinkam. Auch unterließ er es nicht, »standesgemäß« aufzutreten. Nur allzuverständlich war, anzunehmen, dass auch seine Schwägerin Elise Fontane über ein hübsches Sümmchen verfügte.

Eines Tages traf man im Gebirge auf ein paar Herren, die gerade zu den berühmten Adersbacher Felsen wandern wollten. Und da auch die Seidorfer Sommerfrischler die Absicht hatten, die bizarren Sandsteingebilde in den nächsten Tagen zu besuchen, kam man ins Gespräch. Zwei gefielen sich dabei besonders: die schöne, plauderhafte Elise und der Herr Buchhalter Weber aus Striegau, der das deutsche Schönheitsideal eines Mannes um 1874 verkörperte: Kavallerieoffizier. Er entflammte für Elise Fontane, die Schwägerin eines wohlhabenden Mannes.

Schon der übernächste Tag führte die Seidorfer zu den Adersbacher Felsen, und alles war prächtig, nur dass der örtliche Wirt seinen Gästen kaum etwas zu essen bieten konnte. Drei wandernde Herren hatten ihm die letzten Hähnchen weggegessen, darunter ein Herr Weber aus Striegau. Elise Fontane schrieb daraufhin dem Herren eine launige Karte, und der Herr Weber antwortete in ernsthaften Briefen, mit denen Schwester Lise an einem Augustsonntag 1874 ratsuchend zu Bruder Theodor ging. »Ich riet ihr entschieden zu, denn alle Briefe machten einen vorzüglichen Eindruck. Lise nimmt Anstoß an einem vorhandenen 2- oder 3-jährigen Mädchen aus erster Ehe; doch hoff ich, dass sie ihre Bedenken schließlich fallen lässt. Wer nicht seinem guten Stern vertrauen will, darf überhaupt nicht heiraten.«

Die Hochzeit war bald. Elise Fontane brachte 24 000 Mark in die Ehe. Das war weniger, als Buchhalter Weber im Riesengebirge sich gedacht hatte, aber besser als gar nichts, denn er selber hatte so gut wie nichts.

Mit dem Geld seiner Frau gründete er in Schweidnitz einen Zigarrenhandel, machte pleite, fand dank des stattlichen Aussehens eines Kavallerieoffiziers Stellung als Inspektor bei einer Feuerversicherung, starb 1898, hinterließ einiges Geld und das Mädchen aus der ersten Ehe, das die schöne Elise im Alter pflegte, in dem sie noch immer sehr schön war.

Manchmal blickte Elise auf das Jahr 1874 zurück und sagte: »Ach, hätt ich doch diese unglückselige Karte damals nicht geschrieben.«

Der APFEL FÄLLT NICHT WEIT *vom* STAMM

Eine Zeitlang spielte Theodor Fontane jr. mit dem Gedanken, zu werden, was Theodor Fontane sen. war, ein Schriftsteller. Er las dem Vater eine Novelle vor. »Es ist nichts damit. Man packt solche Dinge anders an. Lass die Hände davon«, sagte Theodor sen. Der Sohn wurde, was der Vater durchaus hätte werden wollen: ein Staatsbeamter. Und was der Vater geworden war, wurde der Sohn auf dem Denkmalssockel. Den Gestaltern der Fontanedenkmäler in Berlin und Neuruppin stand Sohn Theo wegen der Ähnlichkeit Modell für den Schriftsteller.

BILANZ

1876 machte Fontane eine Schriftstellerbilanz. Dass er zwölf Jahre Tag und Nacht an den drei Kriegsbüchern gearbeitet hatte, kam dabei heraus. Es war keine »Herzenssache«, sagte der Siebenundfünfzigjährige, der anfing, sich um sein Alter Sorgen zu machen. Der freie Journalist und Schriftsteller bewarb sich nach Jahrzehnten ohne festes Einkommen Anfang 1876 um die freigewordene Position eines Sekretärs der Akademie der Künste. Am 29. Februar erfolgte seine Bestallung durch den Kaiser. Ostern trat er in die Akademie ein. Frau Emilie war hocherfreut, Fontane mäßig zufrieden. »Ich werde ein letztes, weder mit sonderlicher Kraft noch mit sonderlichem Geschick arbeitendes Rad im großen Verwaltungsmechanismus sein.«

Akademiedirektor Anton von Werner beobachtete ihn einmal, vor einem langen Tisch mit einem mächtigen Stoß von Aktenbündeln beschäftigt. Fontane hatte auf die Holzplatte mit weißer Kreide Nummern und Kreise gezeichnet, in die er Aktenstücke hinein und hinaus ordnete, um zu einer Übersicht zu kommen. Anton von Werner wollte einen roten Fez auf Fontanes Kopf gesehen haben. Werner war Maler. Rot schmückt jedes Gemälde. Werner hat das Bild leider nicht gemalt, aber auf die Anekdote nicht verzichtet.

SCHLUSS, AUS

Als Fontane nach achtwöchiger Dienstzeit in einen Konflikt zwischen dem Akademiepräsidenten Friedrich Hitzig und dem Direktor der allgemeinen Akademie der Künste, Anton von Werner, hineingezogen wurde, beleidigte Hitzig Fontane, und Fontane nahm den Eklat zum Anlass, die ungeliebte Stellung eines Akademiesekretärs zu kündigen.

Fontane wurde die Äußerung zugeschrieben, er habe weder Lust noch Beruf, für die Malstudien des Herrn von Werner Skelette zu besorgen. Die Authentizität der Äußerung ist fragwürdig. Aber auf die Anekdote wollen auch wir nicht verzichten.

GEWÖHNUNG

Anders als Ostern 1870, als Fontane die Stellung bei der *Kreuzzeitung* kündigte, war Frau Emilie diesmal zu Hause. Die seit über 25 Jahren bestehende Ehe wurde ihrer schwersten Belastungsprobe ausgesetzt. Emilie hatte gehofft, endlich sei für die Familie ein festes Einkommen gesichert. Im Hause Potsdamer Straße 134 c wechselten Anklagen und Rechtfertigungen. Seine Frau hielt ihm vor: »Der Mensch gewöhnt sich an alles.« Nein, sagte Fontane, dieser Satz ist falsch. »Es ist ganz gewisslich wahr, dass zahllosen Menschen, alten und jungen, das Herz vor Gram, Sehnsucht und Kränkung bricht. Jeder Tag führt den Beweis, dass sich der Mensch nicht an alles gewöhnt.«

Mitte Juli 1876 verließ Emilie Fontane in einer schweren Nervenkrise Berlin und fuhr zur Erholung zu einer schlesischen Freundin. Gatte Theodor schickte am 15. August einen Brief hinterher, in dem der Donner grollte und der Horizont sich aufhellte: »Meine liebe Frau, es ist im Großen und Kleinen das alte Lied. Du reizest mich bis aufs Blut und wunderst Dich hinterher, wenn ich heftig und bitter werde; Du machst ein böses Gesicht und wunderst Dich, wenn ich Dir aus dem Wege gehe; Du verhältst Dich ablehnend und wunderst Dich, wenn ich nicht zärtlich bin. Natürlich bin ich auch zuzeiten unzärtlich, ohne vorher einer Nüchternheit begegnet zu sein; aber das ist nicht zu ändern, weil es ebenso in der menschlichen Natur wie ganz besonders in unseren

Lebensverhältnissen liegt. ... Du bist eine durch Deinen Lebensgang und Deine Lebensstellung unendlich bevorzugte Frau. Es gibt wenige, die es so gut getroffen haben. Dass Du das Glück nach der Zahl der Goldrollen bemessen solltest, für so inferior halte ich Dich nicht, habe auch keine Ursache dazu ...«

ALLERLEI GLÜCK

»Sei glücklich, dass Du diese letzten Wochen auf neutralem Boden zugebracht hast«, schrieb Anfang Juni 1876, während der großen Krise mit Frau Emilie, Fontane seiner Tochter Mete. Die Anrede an die sechzehnjährige Tochter war seltsam, so bisher nicht vorgekommen, danach nur einmal noch gebraucht. »Meine liebe, süße Mete.«

Fontane wusste um das Schicksal von Frauen. Alle seine Romane und Novellen handelten davon. Kaum eine fand »Glück«. Der jedem Tag Erfolg und Unterhalt abringende Autor fürchtete vorahnend um die Zukunft der Tochter Mete, die hochbegabt, aber mit keiner Mitgift beschenkt ist.

Als zu Ostern 1877 die Schulzeit der Siebzehnjährigen endet, wird sie zur Vorbereitung der Ausbildung an einem Lehrerinnenseminar, die erst mit dem vollendeten achtzehnten Lebensjahr begonnen werden kann, in eine befreundete Berliner Familie als Haustochter gegeben. Ihr Vater kennt die Familie. Der Herr des Hauses ist der Tenor und Dirigent Julius Stockhausen, die Dame heißt Clara, hat mehrere Kinder und ist gerade schwanger.

Was dann passiert, klingt wie der Entwurf einer Fontane-Novelle: Im Hause des Dirigenten verfällt die Siebzehnjährige in eine leidenschaftliche Liebe zu dem attraktiven Mann. Die Familie des Dirigenten beabsichtigt, nach Frankfurt am Main umzuziehen. Dort würde das Mädchen mit dem geliebten Mann jeden Tag unter einem Dach leben. Sie ahnt die Gefahr und offenbart sich dem Vater. Der schreibt der Dame des Hauses einen Brief, entschuldigt sich und erklärt alles. »Man kommt mit ihr nicht recht zurande. Sie ist mir eine beständige psychologische Aufgabe. Wenn es das Kriterium genialischer Naturen ist, dass Allerklügstes und Allerdummstes bei ihnen dicht beieinander liegen, so ist sie ein Hauptgenie.«

Erst die fast Vierzigjährige heiratet einen sechzigjährigen Witwer, bleibt kinderlos. Sie stirbt einsam und wahrscheinlich einen selbstgewählten Tod.

DER ÜBERVATER

»War Papa nicht dabei«, schrieb die zwanzigjährige Mete, »sah [ich] nur schlechtes Pflaster und hässliche langweilige Menschen; wie mit einem Schlage änderte es sich in Papas Gegenwart und, als hätte ich andere Augen bekommen, war ich im Moment versetzt in eine reiche Welt des Interessanten, Komischen und selbst Erfreulichen.« Tochter Mete fand nicht heraus aus ihrem Dornröschenschloss in der Potsdamer Straße. »Wir sind doch unendlich verwöhnt durch die geistige Atmosphäre unserer kleinen Wohnung.« Einmal hatte es so ausgesehen, als habe sie den Mann gefunden, der

sie hinter ihrer »Rosenhecke von Vaterverehrung«*
hervorholen könnte. Mete jedenfalls fühlte sich so gut wie verlobt. Der junge Mann, ein Jura-Student, erschien zum Vorstellungsbesuch bei den Eltern. Wie es ausging, ist aus Metes Mund zu erfahren: »Er fand uns alle nett, klug, witzig, geistreich, aber wie er gesagt haben soll, er ist sich so entsetzlich unbedeutend und überflüssig vorgekommen.«

Der junge Mann ließ sich nie wieder blicken.

IDEE *vom* GLÜCK

Im Januar 1899 heiratete Mete Fontane den zweimal verwitweten, zwanzig Jahre älteren Architekten Karl Emil Otto Fritsch. Sie arbeitete in der Familienkommission mit, die nach dem Tod des Vaters eine bereinigte Fassung der Familienbriefe publizierte, für die Fritsch das Vorwort schrieb. Metes Name kommt nicht vor. Einmal klagte sie: »Hätte man nicht Natur und Kunst und ein gutes Bett, so wäre die Herzenseinsamkeit, in der man lebt, einfach grauslich.« Im Sommer 1915 starb Fritsch. Mete wohnte fortan allein in der Familienvilla in Waren. Am 10. Januar 1917 lag Mete tot unter dem Balkon im Garten. In einem Anfall von Herzasthma sei sie auf den Balkon getreten, habe das Gleichgewicht verloren und sei über die niedrige Brüstung gestürzt, sagen die einen. Mete sagte in einem Fragebogen von 1877, der »Ihre Idee vom Glück« wissen wollte: »Frau und Mutter zu sein.«

* Zitat von Rolf Michaelis

In der MARK

An einem frühen Aprilabend war Fontane in Fürstenwalde angekommen, hatte bei Freunden übernachtet, bis Mitternacht mit ihnen geplaudert. Am nächsten Morgen stand Fuhrmann Moll mit seinem Zweispänner vor der Tür, um den Wanderer durch das Ländchen Beeskow-Storkow zu kutschieren. Fontane wollte in die Rauenschen Berge, zu den Granitblöcken der Markgrafensteine, zum Scharmützelsee, zu Adelssitzen, und vor allen Dingen wollte er auch diesmal Menschen treffen, die die Geschichten der Gegend kannten: die alten Frauen in den Dörfern, Lehrer, Schäfer, Pastoren und den Emeritus bei Groß Rietz, der jetzt, Ostern 1881, noch davon erzählen konnte, in seiner Jugend den Kaiser Napoleon gesehen zu haben. Die beiden auf dem Kutschbock hatten viel zu reden. Fontane von der Gegend. Moll vom Segen des Kapitals, vom Unsegen der Kapitalisten und dass ohne Geld nichts gehe.

Fontane und Moll trafen den kundigen Emeritus, und Moll sagte hinterher: »Er ist auch nur arm und dabei neunundsiebzig. Es ist doch eigentlich eine traurige Geschichte.«

Fontane, nicht gerade reich und über die Sechzig hinaus, antwortete: »Sie sind ein Mammonsjäger, Moll. Ihr drittes Wort ist immer Geld, und da kann ich schließlich nicht mehr mit.« Auch sagte Fontane, dass die Not ein großer Treiber sei und er trotz Ostwind und scharfer Sonne eigentlich auch bloß aus Not herumkutschiere.

Am Groß Rietzer Schloss angekommen, dachte Fontane an das Schicksal des einstigen Besitzers, Minister Wöllner, der unfreiwillig aus dem preußischen Staatsdienst ausscheiden musste und bald darauf gestorben war. »Wer in Ungnade fällt, heißt es, lebt nicht mehr lange. Nu, mir könnt es nicht passieren. In-Ungnade-fallen und Pensioniertwerden ist eigentlich immer mein Ideal gewesen. Aber der eine denkt so und der andere so …«

RETTUNGSANKER

Sein erster Roman »Vor dem Sturm« lag länger als ein Jahrzehnt in der Schreibtischschublade. Seit den ersten sechziger Jahren werkelte Fontane daran, und besonders dann, wenn sich seine Lebensverhältnisse so gestalteten, dass nichts anderes mehr übrig blieb, als endlich ein richtiger Schriftsteller zu werden. 1876 machte Fontane an seinem Rettungsanker endgültig fest. »Meine Situation ist in der Tat eine kritische. In Jahren, wo die meisten Schriftsteller die Feder aus der Hand zu legen pflegen, kam ich in die Lage, sie noch einmal recht fest in die Hand nehmen zu müssen […] Meine Arbeit muss zum Mindesten so gut sein, dass ich auf sie hin einen kleinen Romanschriftsteller-Laden aufmachen […] kann.«

Während er noch am letzten Band von »Vor dem Sturm« arbeitete, begann im Januar 1878 in der Wochenschrift *Daheim* bereits der Vorabdruck.

1879 besprach der Großkritiker Julius Rodenberg in der *Deutschen Rundschau* das Buch: »Mehr als ein

Roman ist es eine Folge von Zeit- und Sittenbildern, eine Galerie von Familienporträts, jedes einzelne von innen mit großer Kunst gemalt. Trefflichere Figuren ... sind uns lange nicht vorgekommen ... Es ist so viel Kenntnis der Zeit und des Ortes, bei so viel diskreter Behandlung des rein historisch Gegebenen darin, so viel Poesie bei so viel Natürlichkeit und so viel erfrischender Humor bei so viel tiefem Ernst ...«

Fontane las die Rezension und meinte, sie zähle »zu dem wenigen Guten, was bisher über das Buch gesagt ist. Vielleicht ist es das Beste.«

Erst wir Nachgeborenen bekamen zu lesen, was Rodenberg in sein Tagebuch eingetragen hatte: »An Fontanes ›Vor dem Sturm‹ würge ich nun schon bald acht Wochen; es ist gar nicht zu sagen, was das für ein albernes Buch ist, ein Roman in vier Bänden, mit gewiss nicht weniger als 100 Personen, u. dabei nicht so viel Handlung, um auch nur einen halben Band daraus zu machen. Und das muss man lesen und auch noch darüber schreiben!«

AUTOGRAMME

Mit dem Ruhm kamen die Autogrammsammler. In einem ihm zugesandten Album fand Fontane einen Eintrag seines Kollegen Wilhelm Raabe, der sich, unwirsch ob dieser Belästigungen, mit den Zeilen eingetragen hatte: »Wirklich vornehme Naturen schämen sich stets für viele, mit denen sie es im Wandel und Handel dieser Erde zu tun bekommen, mit. Sie lassen sich aber gerade deshalb desto williger bereit finden, alles das, was man von ihnen zu haben wünscht, herzugeben, freilich nur, um so rasch als möglich wieder Ruhe zu bekommen vor der Narrheit und Unverschämtheit des laufenden Tages. Das Beste, was der Mensch im Leben haben kann, ist ein Stück von dem, was er im Tode ganz haben wird – Ruhe.«

Fontane nahm die Sache gelassener. Hinter Raabes Eintragung schrieb er für den Sammler tröstend: »Müh und Arbeit sind der Preis, den man für das Gelingen zahlt. Was weniger kostet, ist weniger wert.«

ERFOLGSAUTOREN

Mit dem »Tunnel«-Freund George Hesekiel saß Fontane in der Redaktion der *Kreuzzeitung* Tisch an Tisch. Hesekiel, in der Zeitung für die »französischen Artikel« zuständig, diktierte seine Beiträge einem fiktiven Marquis in die Feder, war im Historischen beschlagen und verfasste zudem ein Buch nach dem anderen; mehr als hundert waren es am Ende. In Windeseile stellte er seine Manuskripte fertig. »Von Wiederdurchsehen war keine Rede, kein Wort war durchgestrichen, alles ging fertig in die Druckerei«, bemerkte Fontane, und auch, dass »keiner dieser Romane sich am Leben erhalten hat«. Hesekiels Tochter Ludovica, nicht minder begabt als ihr Vater, wurde schon in jungen Jahren eine erfolgreiche Romanschriftstellerin. Leser Fontane urteilte: »Wenn Ludchen ihre eigenen Romane zweimal durchliest, ist sie so gut wie verheiratet.«

UNTER STAND

Allein von seinen Buchhonoraren hätte Fontane nicht leben können. Er war auf die Vorabdrucke in Zeitungen und Zeitschriften angewiesen. Das Manuskript von »Irrungen, Wirrungen«, der ungleichen Liebe der Plätterin Lene Nimptsch und des jungen Barons von Rienäcker, bot er im Juli 1887 dem Chefredakteur der *Vossischen Zeitung* an. Der sagte »Ja« und Ja zu Rienäckers Entschluss, nicht unter Stand zu lieben. Im Gegensatz zu seinem Autor erschien ihm das ganz und gar in Ordnung. Fontane dachte sich nicht viel Schlimmes. Nur an das heiße Juli-Berlin. »Ich sage mir: ›Gott, wer liest Novellen bei die Hitze, wer hat jetzt Lust und Fähigkeit, auf die tausend Finessen zu achten ...‹«

Die Setzer verbesserten ihm zum großen Ärger hundert Finessen. Quälten die Sprache der Berlinerin Lene Nimptsch auf Hochdeutsch. Aber das waren noch die geringsten Mängel in puncto Correctness. Das bessere Publikum der *Vossischen,* auf dessen Verständnis Fontane beim berlinischen Odium der Geschichte gesetzt hatte, nahm die »Unmoral« der Geschichte übel. Es gab Abbestellungen, und ein Mitinhaber der Zeitung fragte den Chefredakteur: »Wird denn die grässliche Hurengeschichte nicht bald aufhören?«

Die *Vossische* stand den Vorabdruck durch. Den Abdruck von Fontanes nächstem Roman, »Stine«, lehnte sie ab.

KEHRAUS

Was der angesehenen *Tante Voss* recht war, war der *Gartenlaube* billig. Als sie 1890 Fontanes Erzählung »Quitt« vorabdruckte, stellte sie für ihr Publikum eine eigene Fassung her – änderte den Satzbau, überbrückte Kürzungen mit eigenen Worten, formulierte Begriffe um, deutschte Fremdwörter ein und frisierte den Inhalt. Aus Kirchhofsportal wurde Kirchhofspforte, aus Reparatur Ausbesserung, aus Blaker Öllampe und anderes mehr. Fontanes Kritik an preußischen Militärs oder die Bezeichnung Kaiser Wilhelms als »old William« kamen für die Leser ebenso wenig vor wie die Bemerkung des Wilddiebs Lehnert über das Preußen nach 1871: »Es ist alles so klein und eng hier, ein Polizeistaat, ein Land mit ein paar Herren und Grafen … und sonst mit lauter Knechten und Bedienten.«

»Wenn's sein kann, räumen Sie unter den französischen Brocken nicht zu sehr auf. Vieles wird ohnehin fallen und nimmt dann die Brocken mit in den Orkus«, hatte Fontane im November 1889 ahnungsvoll der Redaktion geschrieben.

REALISMUS *mit* STERNCHEN

Fontane erzählte in seinen Liebesgeschichten so gut wie alles. Erzählte er es nicht mit Worten, dann erzählte er es mit drei Sternchen im Text.

Eines Tages erhielt er zu seiner Novelle »Schach von Wuthenow« den anonymen Brief einer Dame, die sich als Verehrerin des Meisters vorstellte, aber doch ein Problem, ein recht heikles, mit dem Text hatte. Im letzten Kapitel der Novelle spreche die verwitwete Victoire von ihrem Kinde. Aber der Bräutigam habe sich doch unmittelbar nach dem Hochzeitsmahle erschossen! Woher solle denn da ein Kind kommen? Die drei Sternchen im Text hatten die keusche Leserin nicht erleuchtet.

RHETORISCH

Als »Schach von Wuthenow« 1883 erschien, wurden in sechs Monaten 510 Exemplare verkauft. »510 auf 60 Millionen Deutsche«, schrieb Fontane an seinen Verleger, »so kriegt man ein Zittern und das Herz sinkt einem.« Er resümierte: Als Balladendichter achtete man ihn als einen der Besten, als Verfasser der Wanderbücher hatte er »einen Platz, auf dem er sein Rühmchen tanzen lassen« durfte, als Theaterkritiker war er eine Art Institution geworden. Warum nur hatte er mit den Novellen und Romanen so wenig Erfolg?

LÄUSE *und* LÖWEN

Die Verleger hatten ihre praktischen Gründe, über den Umfang der Fontaneschen Manuskripte zu klagen, die Kritiker kreideten ihm an, mit Nebensächlichkeiten die Seiten zu füllen. Und nun auch Frau Emilie. »Du beklagst Dich über meine Weitschweifigkeit«, schrieb Fontane im August 1883. »Ja, was ist darauf zu sagen? Eigentlich nichts, was nicht schon längst gesagt wäre. [...] Du weißt, dass ich auf solche Kritiken immer gleich eingehe und so bestreite ich auch diesmals nichts oder doch nicht viel. Es ist aber doch ein Unterschied, ob ich nervös und dröhnig nach einem gleichgültigen Wort suche oder ob ich weitschweifig bin, das heißt über den linken Hinterfuß des Flohs eine Abhandlung schreibe. Das Dröhnen ist unter allen Umständen eine Tortur für die Hörer und ›sans phrase‹ ein Fehler, eine Ungehörigkeit; die Weitschweifigkeit aber, die ich übe, hängt doch durchaus auch mit meinen literarischen Vorzügen zusammen. Ich behandle das Kleine mit derselben Liebe wie das Große, weil ich den Unterschied zwischen klein und groß nicht recht gelten lasse, treff ich aber wirklich mal auf Großes, so bin ich ganz kurz. Das Große spricht für sich selbst; es bedarf keiner künstlerischen Behandlung, um zu wirken. [...] Herwegh schließt eins seiner Sonette (›An die Dichter‹) mit der Wendung: ›Und wenn einmal ein Löwe vor Euch steht, / Sollt Ihr nicht das Insekt auf ihm besingen.‹ Gut. Ich bin danach Lausedichter, zum Teil sogar aus Passion; aber doch auch wegen Abwesenheit des Löwen.«

EMILIE, VORLAUT

Ehefrau Emilie war die erste Leserin der Manuskripte; sie war eine unersetzbare Assistentin, die die mit Korrekturen und Einschiebseln übersäten Entwürfe abschrieb; sie war die Kritikerin des Schriftstellers. Sie mahnte, ohne je Erfolg zu haben, einen dem allgemeinen Publikumsgeschmack entgegenkommenden Stil und somit bessere Verkaufbarkeit an, und sie hielt auch mit der Kritik am Detail nicht hinterm Berg, wenn ihr etwas als prätentiös, ausufernd, nebbich erschien. Wagte sich Emilie zu weit vor, dann blieb ihr die Ausrede, beim Wort-für-Wort-Abschreiben sei ihr zwangsläufig die Vollkommenheit des Ganzen entgangen.

Emilie kannte auch die Schwächen seiner Arbeitsweise, jedenfalls hielt sie – besonders dann, wenn wieder ein Termin zu platzen drohte – die Fontaneschen Tugenden des Recherchierens und Sammelns, die auch das kleinste Detail stimmig machten, für solche.

»Ja, wenn du allein sechs Briefe schreibst und zwei Wochen dransetzt, um herauszukriegen, ob Schadow berlinerte oder nicht oder nur sonntags, dann kannst du natürlich nicht rechtzeitig fertig werden!«

Noch mehr
HILFREICHE FRAUEN

Die Stiftsdame Mathilde von Rohr in Dobbertin belieferte den Dichter mit Novellenstoffen und verschaffte dem Wanderer, dessen Metier es nun mal erfordere, sich »im Lager des Feudalen« umzutun, die Empfehlungsschreiben, dank derer sich die Tür zu manchem märkischen Adelssitz überhaupt erst öffnete. Die »Freundin und Gönnerin« Emma Lessing, Gattin des Besitzers der *Vossischen Zeitung*, unterrichtete ihn über den realen Duell-Fall Ardenne, den er »Effi Briest« zugrundelegte, und machte ihn mit den Ardennes bekannt. Schwester Lise trug er auf, Material für die »Wanderungen« herbeizuschaffen. Doch nicht einfach Material. »Historisch-romantisches Lüderlichkeitsmaterial auszugraben«, erbat sich der Geschichtenerzähler. »Bitte, horche also mal, wie die Glocken läuten.«

Im Oktober 1873 schickte er Lise auf die Spur der Ermordung eines französischen Soldaten im Jahre 1806 durch die Dorfbewohner von Dreetz in der Grafschaft Ruppin. »Dass die ganze Leistungskraft von Dreetz-Sieversdorf-Köritz auf einen einzigen totgeschlagenen Franzosen hinausläuft, ist freilich wenig, doch soll man Gott für alles danken und so meinetwegen auch für diesen ›stillen ruhigen Leichnam.‹«

Noch einmal: EIFERSUCHT

Neuigkeiten brachte auch Emilie mit nach Hause, als sie 1882 Gerson wiedertraf, den Spielkameraden aus der Großen Hamburger Straße. Neuigkeiten aus der Welt des Geldes, der Politik, des gesellschaftlichen Lebens. Der wiedergefundene Freund bot den Fontanes nun regelmäßig seine Loge in der Oper an. Fontane selbst blieb fern, dankte aber für die Einladungen und empfahl sich »dem ferneren Wohlwollen«.

Gerson, das war Gerson von Bleichröder, »millionenschwer«, der reichste Mann Preußens. In dem Jahr, als Fontane zum »Apotheker erster Klasse« approbierte, war Bleichröder Teilhaber an der Bank seines Vaters geworden. Als Vertreter der französischen Rothschild-Banken und als großbritannischer Generalkonsul in Berlin stand er mit den politischen Eliten Europas auf Duzfuß, als engster Berater Bismarcks verhandelte er mit ihnen. Bleichröder war die erste Adresse für die Staatsanleihen der Kriegsjahre, Abwickler der französischen Reparationszahlungen, Finanzier des preußischen Industrieaufschwungs.

Und nun trank er mit Emilie Tee. Kam Emilie nach Haus und sprach »von einer genussreichen Stunde«, hob Theodor die Augenbraue. Emilie lenkte ein: Bleichröder sei ein alter, kranker, fast erblindeter und sehr einsamer Mann.

Ja, gewiss, meinte Fontane, und du, Emilie, bist eine Samariterin.

SECHSER*wirtschaft*

»Wirklicher Reichtum«, schrieb Fontane 1884 an seine Tochter, »imponiert mir oder erfreut mich wenigstens, seine Erscheinungsformen sind mir in hohem Maße sympathisch, und ich lebe gern inmitten von Menschen, die 5000 Grubenarbeiter beschäftigen, Fabrikstädte gründen und Expeditionen aussenden zur Kolonialisierung von Mittel-Afrika. Große Schiffsreeder, die Flotten bemannen, Tunnel- und Kanalbauer, die Weltteile verbinden, Zeitungsfürsten und Eisenbahnkönige sind meiner Huldigungen sicher. Ich will nichts von ihnen, aber sie schaffen und wirken zu sehen, tut mir wohl; alles Große hat von Jugend auf einen Zauber für mich gehabt, ich unterwerfe mich neidlos. Aber der Bourgeois ist nur die Karikatur davon, er ärgert mich in seiner Kleinstiezigkeit und seinem unausgesetzten Verlangen, auf nichts hin bewundert zu werden. [...] Alles ist kindische Überschätzung einer Wirtschafts- und Lebensform, die schließlich gerade so gut Sechserwirtschaft ist wie die meine. Ja, sie ist es mehr, ist es recht eigentlich. Ein Stück Brot ist nie Sechserwirtschaft, ein Stück Brot ist Höchstes, Leben und Poesie. Ein Gänsebratendiner aber mit Zeltinger und Baiser-Torte, wenn die Wirtin dabei strahlt und sich einbildet, mich der Alltäglichkeit meines Daseins auf zwei Stunden entrissen zu haben, ist sechserhaft in sich und doppelt, durch die Gesinnung, die es begleitet.«

GEBURTSTAGE

Im Jahr seines sechzigsten Geburtstages hatte Fontane an Verleger Wilhelm Hertz geschrieben: »Ich fange erst an. Nichts liegt hinter mir, alles vor mir!« Seinem nahenden siebzigsten Geburtstag sah er melancholisch entgegen, sprach vom »Vorspiel« des Endes und zog ein Resümee: »Ich erwarte keine Liebe ... Ich will nur, solange ich atme, einfach sagen dürfen, wie ich die Dinge ansehe. Man lebt sich selbst, man stirbt sich selbst. Man ist den Menschen gar nichts – ihnen höchstens im Wege –, und wenn sich drei Ausnahmen finden, so steht es auch mit diesen mau genug.« Aller formalen Feierei abhold, wünschte er sich, wenigstens nicht auch noch gezwungen zu sein, an dem Tag ein feierliches Gesicht schneiden zu müssen.

STAATSEINNAHMEN

Der Familienfeier des siebzigsten Geburtstages am 30. Dezember 1889 folgte am 4. Januar ein Festessen zu Ehren Fontanes im Englischen Hause in der Mohrenstraße. Der Presseclub, die Literarische Gesellschaft, die *Vossische Zeitung*, die Literatenvereinigung »Rütli« hatten dazu geladen; gut dreihundert prominente Gäste saßen an der Ehrentafel unter dem Kaiserbild. Fontane doppelt. In Persona und in Gips. In der als Lorbeerhain gestalteten Orchesternische des Festsaals stand eine rötlich angestrahlte Gipsbüste Fontanes. Der Dichter hörte feierliche Reden, eine Vertonung seiner Ballade »Archibald Douglas«, den von Ernst von Wolzogen vorgetragenen »Dank der Jugend«: »Du hast zwischen Jungen und ängstlichen Alten / lächelnd die freie Bahn gehalten …« Der Dichter fühlte sich geehrt, der Dichter war irritiert. Mit der Pflicht des nächsten Tages kam der Humor zurück. Über vierhundert Dankesbriefe waren zu schreiben und zu versenden: »Welch eine Bereicherung der Staatseinnahmen«, meinte er und machte sich an die Arbeit.

GUTHABEN

Auf der hohen Kante hatte Fontane wenig Geld, aber ein reiches Kapital von Stoffen. Er begann sie sich nach dem ersten Roman »Vor dem Sturm« zurückzulegen, damit er nie in Not als Schreiber käme. »Es liegt für mich etwas ungemein Beruhigendes darin, über eine Fülle von Stoffen disponieren zu können, etwa wie man mit einer Extra-Summe auf der Brust leichter auf Reisen geht, wie wenn man schon zwischen Berlin und Jüterbog zu rechnen anfängt und von der Frage gequält wird: wird es auch reichen?«

Es wurde ein sehr stattliches Guthaben mit der Gewissheit, »dass ich's nie abarbeiten kann«. Fontane hinterließ Entwürfe, Fragmente, Notizen zu beinahe 100 Novellen, Romanen, Erzählungen.

BRETT *vor dem* KOPF

Bald nach dem Siebzigsten erfasste den Dichter »ein sonderbares Gefühl des totalen Überflüssigseins«. Die Frage, »verlohnt es sich, das und das überhaupt noch anzufangen?«, quälte ihn. Der Winter 1891 auf 1892 brachte eine ernste gesundheitliche Krise. Im Mai fuhr er mit Frau Emilie und Tochter Mete nach Zillerthal-Erdmannsdorf, in der Hoffnung, an der schlesischen Heilstätte Genesung und Kraft zur Arbeit zu finden. »Es kam aber anders. Ich wurde ganz elend, beinah schlaflos ... vier schlimme Monate an der sonst so schönen Stelle«, notierte er in sein Tagebuch. Er fasste den Entschluss, das unruhige und teure Berlin aufzugeben und sich im schlesischen Schmiedeberg mit Emilie für den Rest ihrer Tage zurückzuziehen. Ein Vierteljahr später kehrte das Ehepaar nach Berlin zurück. Fontanes Zustand war kaum verändert, bis ihm sein Hausarzt, Dr. Wilhelm Delhaes, sagte: »Sie sind ja gar nicht krank! Ihnen fehlt nur die gewohnte Arbeit! Und wenn Sie sagen: ›Ich habe ein Brett vor dem Kopf, die Puste ist mir ausgegangen, mit der Romanschreiberei ist es vorbei‹, nun dann sage ich Ihnen: Wenn Sie wieder gesund werden wollen, schreiben Sie was anderes, zum Beispiel Ihre Lebenserinnerungen. Fangen Sie gleich morgen mit der Kinderzeit an!«

Um den 20. Oktober schrieb Fontane die ersten Zeilen des Erinnerungsbuches »Meine Kinderjahre«. »Ich darf sagen, mich an diesem Buch wieder gesund geschrieben zu haben.« Von da an ging's noch einmal bergauf.

SAHNEBAISERS

»Dass es das erste Bedingnis eines häuslichen Glückes ist, dass der Mann in seiner Tätigkeit glücklich und unbehindert ist«, hatte Emilie schon am Anfang ihrer Ehe erkannt, akzeptiert und einer Freundin mit diesen Worten mitgeteilt. Ihr oblag es – neben der Arbeit, die sie für den Schriftsteller leistete –, die Kinder zu hüten und zu erziehen, die zahlreichen Umzüge der Familie zu bewältigen, den Haushalt zu führen. Litt sie gesundheitlich, gab Gatte Fontane aus der Ferne so hilfreiche Tipps wie: »Lass Dir bei Deiner Pflege nichts abgehn und nehmt, wenn's not tut, eine Wartefrau. Sage nicht: ›der hat immer gut reden; wo es her nehmen usw.‹ Es ist so viel Geld in die Fichten gegangen, da kann es wahrhaftig auf 5 gepumpte Taler mehr oder weniger nicht ankommen.« So manches Dienstmädchen hatte Emilie kommen und wieder gehen sehen. 1890 trat das schlesische Dienstmädchen Anna Fischer in den Haushalt der Fontanes ein. Sohn Friedel meinte, dass Anna und die Schwester Mete »darin wetteiferten, für den ›Herrn‹ zu sorgen«. Wie aufmerksam Anna gegenüber den Gästen war, ist aus ihrem eigenen Mund überliefert: »Sehr muss ich aufpassen, wenn Exzellenz Menzel kommt, dass ich ihm schnell den Hut abnehme. Der Riegel ist für ihn zu hoch, er will aber nicht, dass man's merkt.« Und dass sie den Schriftsteller zu nehmen wusste, auch: »Mit dem Herrn ist gut auskommen. Ist er wirklich mal ärgerlich, hol ich ihm ein Sahnebaiser, dann kann er wieder schreiben!«

APART

Im Krankheitsjahr 1892 machten die Fontanes ihr gemeinsames Testament. Im März fuhr das Ehepaar zur Beglaubigung des Schriftstücks mit Justizrat Paul Meyer in das Amtsgericht in der Neuen Friedrichstraße. Nach anderthalbstündigem Warten in einem gelbgestrichenen Zimmer, wo alles nach echt preußischer Amtsstube roch, wurden die Fontanes vorgelassen. Ein Referendar empfing das Ehepaar. Justizrat Meyer legitimierte seine Mandanten: »Fontane«.

»Wie ist der Name?«

»Fontane.«

»Ich bitte, ihn zu buchstabieren.«

Meyer buchstabierte und erwartete eine unmutige Bemerkung Fontanes, doch der blieb ruhig, auch als nach Vornamen und Beruf gefragt wurde. Der Groschen bei dem Referendar fiel nicht, er hatte eben noch nichts von einem Schriftsteller Theodor Fontane gehört. Der schrieb der Tochter Mete, dass das Leben sich im alten Gleise abwickle, »aber doch mit kleinen Apartheiten«.

Der PLAUDERER

Als der Literaturkritiker Moritz Necker Fontane im Mai 1894 nach Wien zu einem Vortrag in den »Verein der Literaturfreunde« einlud, lehnte der Dichter kategorisch ab: »Ich kann gut plaudern, aber schlecht sprechen.«

DR. FONTANE

Zu seinem 75. Geburtstag wurde Fontane die Ehrendoktorwürde der Berliner Universität verliehen. Das Berliner Satireblatt »Ulk« ulkte:

»Fontane ist nun schön heraus,
Doktor wurde das alte Haus,
Und will er nicht bürgerlich mehr bleiben,
So kann er sich auch von Tanne schreiben.«

Der ALTE *Fontane*

Fontane hörte es nicht gern, wenn er der »alte Fontane« genannt wurde. Der Literaturkritiker Fritz Mauthner redete ihm wortreich zu: »Der Name ist gut. Alt und alt ist zweierlei. Die königstreuesten Leute nannten Wilhelm I. den alten Wilhelm, weil er 1870, als es eigentlich losging, schon ein alter Mann war. Friedrich der Große heißt der Alte Fritz, weil sich die Legende gern an die Erscheinung knüpfte, die er im Alter darbot. Ich denke, man könnte es sich gefallen lassen, der alte Fontane zu heißen. In diesem Sinne wird Spielhagen niemals der ›alte Spielhagen‹, Heyse schwerlich der ›alte Heyse‹ genannt werden.«

FONTANES PREUSSEN

»Man hat mich kolossal gefeiert – und auch wieder gar nicht«, notierte Fontane nach seinem 75. Geburtstag. »Das moderne Berlin hat einen Götzen aus mir gemacht, aber das alte Preußen hat sich kaum gerührt.«

»Das alte Preußen«, schrieb der Historiker Sebastian Haffner, »das er doch längst durchschaut, längst mit kühlen oder bitteren Worten abgeschrieben hatte! Aber dass es sich zu seinem 75. Geburtstag kaum gerührt hatte, das schmerzte ihn. Und er nahm seine Rache – die nobelste, großmütigste Rache, die man sich ausdenken kann: In seinem letzten Buch, in Vorahnung des nahen Todes geschrieben, dem ›Stechlin‹, schuf er ein Preußen, das es wohl nie gegeben hatte, ein verklärtes Märchen-Preußen, und einen Junker, ›nicht wie er ist, sondern wie er sein sollte‹ – nicht nur nobel, schlicht, gütig, sondern sogar, unglaubwürdigerweise, geistreich. Dieser alte Dubslav von Stechlin ist in Wahrheit der alte Fontane. Der verschämte Liebende hatte zum Abschied die Maske seiner Liebe aufgesetzt.

Es gibt in der Literaturgeschichte keine rührendere Abschiedsgeste; und keine wirksamere. Fontane selbst hat ein schönes Gedicht geschrieben von dem Herrn von Ribbeck auf Ribbeck im Havelland, der sich eine Birne ins Grab legen ließ, damit die Dorfkinder noch viele Jahre nach seinem Tode die Früchte des Birnbaums über seinem Grab genießen konnten: ›So spendet Segen noch immer die Hand / Des von Ribbeck auf Ribbeck im Havelland.‹

Das ist ein unbewusstes Gleichnis dessen, was Fontane selbst mit dem ›Stechlin‹ für Preußen getan hat. Auch seine Hand spendet immer noch Segen. Dank Theodor Fontane ist heute das versunkene Preußen vielerorts, was das wirkliche Preußen kaum war: geliebt.«

Im ATELIER

Im März 1896 ging Fontane unruhigen Tagen entgegen, »Sitzungstagen, Maltagen« bei Max Liebermann im Atlier. Er freue sich darauf, schrieb er an Mete, »weil es nun doch endlich mal ein richtiger Maler ist, dem ich in die Hände falle, dann weil Liebermann ein ebenso liebenswürdiger wie kluger Mann ist«. Beide hatten sich was zu sagen. Besonders über Bismarck. Liebermann erzählte, Bismarck verbringe seine Tage nur noch mit Schimpfen. Immer gegen den Kaiser. Er freue sich über jeden Besuch, weil er dann gleich wieder loslegen könne. Sein alter Diener solle zu Bismarck gesagt haben: »Durchlaucht, ick will lieber en bisken rausgehn, dass ich nicht alles höre«, und der habe weitergewettert: »Ja, geh nur; ich hab mich noch lange nicht ausgekollert.«

Fontane fand, bei jedem anderen würde er die Achseln zucken, aber zu Bismarck gehöre es.

Als er zwei Jahre später zu einem Bismarck-Gedicht aufgefordert wurde, lehnte er ab. Er fand Bismarck langweilig. »Da muss viel Wasser die Spree runter, eh Bismarck wieder ein Stoff geworden ist. Dann freilich ein gehöriger.«

Der TOLLE *Fontane*

Noch bevor er sich an den zweiten Teil seiner Autobiografie, die Jahre »Von Zwanzig bis Dreißig« machte und »Tunnel«-Zeit und -Personen Revue passieren ließ, hatte er an den Freund Georg Friedlaender geschrieben: »Ohne Vermögen, ohne Familienanhang, ohne Schulung und Wissen, ohne robuste Gesundheit bin ich ins Leben getreten, mit nichts ausgerüstet als einem poetischen Talent und einer schlecht sitzenden Hose. (Auf dem Knie immer Beutel.) Und nun malen Sie sich aus, wie mir's dabei mit einer gewissen Naturnotwendigkeit ergangen sein muss. Ich könnte hinzusetzen, mit einer gewissen preußischen Notwendigkeit, die viel schlimmer ist als die Naturnotwendigkeit. Es gab natürlich auch gute Momente, Momente des Trostes, der Hoffnung und eines sich immer stärker regenden Selbstbewusstseins, aber im Ganzen genommen darf ich sagen, dass ich immer nur Zurücksetzungen, Zweifeln, Achselzucken und Lächeln ausgesetzt gewesen bin. Immer, auch als ich schon etwas war, ja, auf einem ganz bestimmten Gebiete (Ballade) an der Tête marschierte, sah ich mich beargwöhnt und andre, oft wahre Jammerlappen, bevorzugt. [...] Trotz meiner jämmerlichen Lebensgesamtstellung [war] ich jeden Sonntag Nachmittag von 4 bis 6 richtig untergebracht, nämlich im ›Tunnel‹. Dort machte man einen kleinen Gott aus mir, und das hielt mich.«

In seinem Erinnerungsbuch nun ließ er sie aufmarschieren, die Dichter der literarischen Vereinigung, all diese lebensfrohen, lebensgierigen jungen Leute, von denen viele auf der Strecke blieben, sie wurden hier vom Überlebenden mit großer Anteilnahme geschildert. Einer Anteilnahme, der man die Dankbarkeit dessen anmerkt, der die Kurve noch gekriegt hat. Wie hatte er doch, auf den fernen Kollegen Henrik Ibsen gemünzt – aber wie erst passte es auf ihn selber! –, gesagt: »Ein Apotheker, der anstatt von einer Apotheke von der Dichtkunst leben will, das ist so ziemlich das Tollste, was es gibt.«

SONNENUNTERGANG

Im Oktober 1897 begann die Wochenschrift *Über Land und Meer* mit dem Vorabdruck des Romans »Der Stechlin«, der Fontanes Vermächtnis werden sollte. Die Redaktion hatte Fontane telegrafiert:

»Hochverehrter Herr Doktor, intensiv mit allen Ihren Menschen mitlebend, vor allem mit dem alten Freiherrn, am Schlusse im Innersten erschüttert, danken wir Ihnen dafür, dass *Über Land und Meer* ein solches Werk veröffentlichen darf.«

Fontane antwortete mit der Depesche: »Ihr Telegramm hat mich sehr beglückt. ›Verweile doch, du bist so schön‹ – ich darf es sagen, denn ich seh den Sonnenuntergang. Herzlichen Dank.«

Mein LEIPZIG

Unfreundliches Wetter empfing im Mai 1898 die Kurgäste Theodor, Emilie und Mete Fontane im Sanatorium auf dem Weißen Hirsch in Dresden. Aber die Dresdner gefielen dem Dichter. »Frau und Tochter wollen von dem ›Sächsischen‹, das hier blüht, nichts wissen; ich bin aber nach wie vor davon eingenommen.« Die Eingenommenheit rührte gewiss nicht nur von seiner Ansicht her: »Ein Sachse tut keinem was und ist auch kaum eine Störung.« Fontane hatte handfeste Gründe, sich gern an seine sächsische Zeit zu erinnern.

Eines Tages stand mit Wilhelm Wolters einer der Söhne Wilhelm Wolfsohns, des Freundes aus frühen Leipziger Tagen, vor ihm. Fontane hatte gerade das erste Exemplar der Erinnerungen »Von Zwanzig bis Dreißig« aus Berlin bekommen. »Mein Leipzig lob ich mir« hieß nach Goethe der Abschnitt über seine Zeit in der Metropole des Landes Sachsen, wo die schönen Mädchen auf den Bäumen wachsen. Fontane zeigte dem Besucher das Buch voll Freude, und Wolters konnte sich revanchieren. Er hatte ein Aquarell des jungen Fontane mitgebracht, das der Dreiundzwanzigjährige einst in Leipzig seinem Freund Wolfsohn geschenkt hatte. Ein Jüngling in Locken, mit Kussmund und melancholischem Blick.

»Bin ich's denn wirklich?«, fragte Fontane sinnend.

Wolters erzählte, was der Dichter nicht erzählen wollte, er aber von der Mutter wusste, die oft geschildert hatte, wie die schönen Mädchen in der Schrötergasse, wo die Wolfsohns wohnten, die Fenster aufgerissen hätten, um dem Jüngling nachzuschauen, der auf dem Weg zu dem Freund war. Fontane lächelte.

»Davon hab ich gar nichts gemerkt. Und ich möchte eigentlich wünschen, ich hätte anders ausgesehen; mir gefallen die gebräunten Unteroffziersgesichter viel besser als die blassen Dichtergesichter.«

Welches BUCH *ist das beste?*

Schwester Elise erinnert sich: »Er war eben gar nicht eitel, mein Bruder, und er machte sich nichts aus dem Lob und der Anerkennung der Menge und auch nichts aus der Zustimmung hoher und höchster Herrschaften. Er strebte nur danach, selbst mit sich zufrieden zu sein, und das ist ihm eigentlich nicht gelungen. Immerhin hatte er von *einigen* seiner Bücher eine *halbwegs* gute Meinung, und für das beste von seinen Werken hielt er die ›Balladen‹ und ›Wanderungen durch die Mark‹. Auch den Roman ›Effi Briest‹ schätzte er einigermaßen.«

Der Sohn Friedrich, Verleger der Fontaneschen Romane, berichtet von einem letzten Gespräch mit dem Vater. Als er dem Vater zur Aufmunterung mitteilte, wie viel Nachfrage es nach dem »Stechlin« gebe, habe der abgewehrt: »Du warst ja immer ein Optimist!« Aber hinzugefügt: »Ich muss sagen, ich habe heute selbst mit Vergnügen in den Aushängebögen geblättert. Es ist das Buch, das ich für mich geschrieben habe. *Mir* gefällt's. Das ist mir noch bei keinem meiner Bücher passiert. Wenn sie erst gedruckt vorlagen, bin ich immer ängstlich drumrumgegangen.«

TRAUMVERLOREN

Im Sommer 1898 begegnete der junge Kunstkritiker Franz Servaes dem alten Dichter Theodor Fontane bei einem seiner Spaziergänge in der Königgrätzer Straße, nahe dem Potsdamer Platz. Servaes hatte bei der *Vossischen Zeitung* Fontanes Nachfolge angetreten.

»Da stand er vor dem Palast-Hotel, den blaugrünen schottischen Shawl locker um die Schulter, stand allein und blickte halb über das Gewühl hinweg, mehr in der Stellung eines Lauschenden als eines Schauenden. Fast erschrak ich ein wenig, als ich ihn so sah: so alt schien er mir plötzlich geworden, so nahe dem Verfall. Aber dennoch lag etwas ungemein Ehrwürdiges in der ganzen Erscheinung. Er schien völlig in Sinnen verloren, beinahe der Welt schon entrückt. Etwas wie ein kindliches, seliges Staunen, wie dankesfrohes Mitgenießen lag auf seinen Gesichtszügen, in denen die Augen einen eignen, gleichsam, verklärten Glanz hatten. Was mochte in ihm vorgehen in dieser Minute? Sah er noch einmal alles in sich, das er so gut kannte und so treu liebte? ... Still wollte ich vorübergehen ... Da traf mich sein Blick. Anfangs wie der eines Unbekannten, dann sich freundlich erhellend zu leutseligem Gruß. Und doch auch dies wie traumverloren ...«

Rasch schritt Servaes vorüber, obwohl er dem Dichter am liebsten die Hände geküsst hätte. Doch wie ein Frevel wäre es ihm erschienen, »dieses webende innere Leben zu zerstören«.

Nun also die LETZTEN ZEILEN

Mitte August 1898 war Fontane mit Ehefrau Emilie und Tochter Mete nach Karlsbad in die Sommerfrische gefahren, die Korrekturbögen seines Romans »Der Stechlin« im Gepäck. Am 10. September ist er wieder in Berlin, Emilie noch bei einer Freundin in Dresden. Er wenigstens muss in Berlin sein. Mete hat endlich einen Mann gefunden, am 16. wird die Verlobung mit dem Architekten Professor Fritsch gefeiert. Im kleinen Kreise, Fritsch ist Witwer und das Trauerjahr noch nicht vorbei. Die Gäste sind vergnügt. Fontane steht alles gut durch, das Ereignis belebt ihn. Sonst hat er gerade noch 38 Pulsschläge und ein tiefes Verlangen nach Ruhe.

So kommt der 20. September. Dem Alten geht es nicht anders als sonst. »So lala.« Emilie ist immer noch in Dresden. Er hat ihr jetzt beinahe jeden Tag einen Brief geschrieben und schreibt auch heute. »Meine liebe Frau. Dies sind nun also die letzten Zeilen …« Er meint ja nichts anderes als »übermorgen Mittag dürfen wir Dich erwarten«.

Zu Mittag gibt es Berliner Kartoffelsuppe. Dann Hammelrippchen. Dann Milchgrieß mit Zucker und Zimt. Dann Kaffee.

Der Abend kommt. Das Abendessen nimmt er nicht an der Familientafel ein. Er isst eine Kleinigkeit auf seinem Zimmer, Mete ist dabei. Danach begibt er sich in den angrenzenden, zum Esszimmer umgewandelten

Alkoven, um ein Verdauungsschnäpschen zu trinken. Mete wartet.

Die Tür ist angelehnt. Es ist still dahinter. Es bleibt still. Mete wird unruhig. Sie geht durch den Alkoven und das dahinter gelegene Schlafzimmer in die Küche. Sie fragt das Mädchen: »Anna, ist der Herr etwa draußen?«

»Nein, hier ist er nicht gewesen.«

Mete und das Mädchen gehen zurück, treten hinter den Bettschirm. Die neunte Stunde abends. Sie finden ihn über dem Bett liegend. Tot.

Auf dem sauber aufgeräumten Schreibtisch liegt ein Verzeichnis, wem »Der Stechlin« zuzusenden ist. Gerade an dem Tag ist der »Roman« ausgedruckt worden. Und ein kleines Gedicht. Vor wenigen Monaten ist der zweite Teil der Erinnerungen erschienen.

»Zwölfhundert Seiten auf einmal,
Und mit achtundsiebzig! beinah ein Skandal,
Konntest es doch auf viermal verteilen!
Ihr könnt es, – aber bei mir heißt es eilen.«

EMILIE *und* THEODOR

Sohn Friedel bestieg anderenmorgens den Schnellzug nach Dresden, der Mutter die Nachricht zu überbringen und sie heimzuholen. »Hat er noch schwer gelitten?«, ist Emilies Frage. Friedel verneinte. Nach einigen Momenten der Besinnung sagte sie: »Es war ein schönes Leben an seiner Seite, ich könnte es gleich noch mal beginnen.«

Ein MAJESTÄTISCHER BUCHSTABE

Am 24. September 1898 wurde Theodor Fontane auf dem Friedhof der Französischen Gemeinde in der Liesenstraße beigesetzt. Der Chef des kaiserlichen Zivilkabinetts von Kaiser Wilhelm, Lucanus, überbrachte einen Kranz mit einem majestätischen W in roten Blumen. Fontanes elfjähriger Enkel Otto fragte Vater Theo: »Der große schöne Kranz mit dem W, der war doch von Wertheim?«

TRAUERFEIER

Emilie blieb am Tag der Beisetzung daheim. Bei ihr, in der Wohnung in der Potsdamer Straße, saß Metes Patenkind Gertrud Mengel, »die eine als zu alt, die andere als zu jung befunden, um mit auf den Friedhof zu fahren«. Dem Mädchen lastete auf der Seele, wie sie Trost spenden sollte.

Emilie griff zu einem Buch, und während Pastor Eugéne Deravanne in der Liesenstraße die Trauerrede hielt, las sie dem Mädchen Balladen Fontanes vor.

»ER FEHLT MIR!«

Einige Wochen darauf wurde das Testament eröffnet, ein wichtiger Paragraf darin betraf eine festgesetzte Nachlasskommission, die nach Emilies Tod in Kraft treten sollte. Die Witwe machte sich daran, die in alle Welt verstreuten Briefe zusammenzutragen und zu kopieren, übergab den Schreibtisch des Dichters dem Märkischen Museum. Sie reiste nun allein an die Orte, an denen sie mit dem Mann zur Erholung geweilt hatte. »Ich klage nicht, ich danke nur, gesegnet gewesen zu sein, an seiner Seite durchs Leben zu gehen, aber – er fehlt mir!«, schrieb sie an eine Freundin. Am 18. Februar 1902 starb Emilie Fontane.

WENN'S DRIPPELT

Es kam die Zeit, da traf man Leute, die sich rühmten, einst den berühmten Dichter Fontane getroffen zu haben. Auf eine solche Dame traf nun Thomas Mann. Sie war dem Schriftsteller in einem Badeort begegnet, sah sich allerdings in ihrer Vorstellung von genialischem Dichtertum und preußischer Disziplin enttäuscht, als Fontane auf die Frage, wie es heute mit seiner Arbeit gegangen sei, antwortete: »Gott, schlecht. Ich habe da in einer Laube gesessen, und anderthalb Stunden lang fiel mir nichts ein. Und als es gerade anfing, ein bisschen zu drippeln, da kamen ja die Kinder und machten Lärm; und da war es denn für heute vorbei.«

UNSTERBLICH

Bei einem Behördenbesuch im Jahre 1923 musste Sohn Theodor seinen Ausweis vorlegen. Der Schalterbeamte las das Dokument, stutzte, sah ihn an und fragte ehrfürchtig: »Der berühmte Dichter Theodor Fontane?«

Zeittafel

1819 Heirat des Apothekers Louis Henri Fontane mit Emilie Labry in Berlin. Am 30. Dezember wird Heinrich Theodor Fontane in Neuruppin geboren

1821 Geburt des Bruders Rudolf (gest. 1845)

1823 Geburt der Schwester Jenny (gest. 1904)

1826 Geburt des Bruders Max (gest. 1860)

1827 Im Juni zieht die Familie nach Swinemünde. Fontane besucht zunächst die Stadtschule, danach wird er vom Vater und befreundeten Hauslehrern unterrichtet

1832 Eintritt ins Friedrich-Wilhelm-Gymnasium in Neuruppin

1833 Eintritt in die Gewerbeschule von Karl Friedrich Klöden in Berlin

1834 Fontane zieht zu Tante »Pinchen« und Onkel August Fontane, dem Halbbruder des Vaters, in die Berliner Burgstraße, später in die Große Hamburger Straße

1836 Aufnahme einer Apothekerlehre bei Wilhelm Rose in der Apotheke »Zum weißen Schwan« in Berlin

1838 Geburt der Schwester Elise (gest. 1923). Der Vater erwirbt die Apotheke in Letschin im Oderbruch

1839 Im Berliner *Figaro* erscheint die erste Veröffentlichung Fontanes, die Novelle »Geschwisterliebe«

1840 Abschlusszeugnis als Apothekergehilfe. Mitglied im Platen- und Lenau-Klub. Von Oktober bis Dezember als Apothekergehilfe in Burg bei Magdeburg. Gedichtveröffentlichungen und Arbeit am ersten Roman (Text ist nicht überliefert)

1841 Typhuserkrankung und Aufenthalt bei den Eltern in Letschin. Arbeit als Gehilfe in der Apotheke »Zum weißen Adler« in Leipzig. Beitritt zu einer burschenschaftlichen Vereinigung, dem späteren Herwegh-Klub. Gedichte im Unterhaltungsblatt *Die Eisenbahn.* Freundschaft mit Wilhelm Wolfsohn

1842 Erkrankung an rheumatischem Fieber. Von Juli bis Ostern 1843 Anstellung in der Salomonisapotheke in Dresden

1843 Rückkehr nach Leipzig. Von nun an regelmäßige Veröffentlichung von Gedichten im *Morgenblatt für gebildete Leser.* Übersetzung von Shakespeare-Dramen

1844 Militärdienst als Einjährig-Freiwilliger im Berliner Kaiser-Franz-Gardegrenadier-Regiment Nr. 2. Freundschaft mit Bernhard von Lepel. Vierzehntägiger Englandaufenthalt als Teilnehmer einer Pauschalreise, deren Kosten sein Freund Hermann Scherz übernimmt. Im September Aufnahme in die literarische Gesellschaft »Tunnel über der Spree«

1845 Nach dem Ende des Militärjahrs als Rezeptar in der Apotheke des Vaters, dann als zweiter Rezeptar in der Polnischen Apotheke von Dr. Schacht in Berlin. Am 8. Dezember Verlobung mit Emilie Rouanet-Kummer

1846 Zum 30. Juni scheidet Fontane aus der Polnischen Apotheke aus und bereitet sich auf das Apothekerexamen vor. Im »Tunnel« trägt er seine »Preußenlieder« vor, die im *Soldatenfreund* abgedruckt werden

1847 Staatsexamen und Approbation als »Apotheker erster Klasse«. Von Oktober bis Mai 1848 Arbeit in der Berliner Apotheke »Zum schwarzen Adler« von Dr. Jung

1848 Am 18. März ist Fontane an den Berliner Barrikadenkämpfen beteiligt. Stelle als pharmazeutischer Ausbilder im Bethanien-Krankenhaus

1849 Verlust der Stelle im Bethanien. Fontane gibt weitere Pläne für die Apothekerlaufbahn auf. Serie politischer Korrespondenzen für die radikal-demokratische *Dresdner Zeitung*

1850 Erste Bücher erscheinen: »Männer und Helden. Acht Preußenlieder« und der Roman »Von der schönen Rosamunde«. Fontane wird Sekretär des »Tunnels« und übt die Tätigkeit bis 1852 aus. Die Eltern Fontanes trennen sich. Im August wird Fontane Mitarbeiter im »Literarischen Kabinett«. Heirat am 16. Oktober; das Ehepaar bezieht eine Wohnung in der Puttkamerstraße 6

1851 Der preußische König lehnt eine finanzielle Unterstützung Fontanes aus politischen Gründen ab. Fontane erteilt Privatunterricht. Geburt des Sohnes George (gest. 1887). Die Familie zieht in die Luisenstraße 35. Fontane erhält am 1. November eine Anstellung in der »Zentralstelle für Pressangelegenheiten«, wird aber als Mitarbeiter der *Neuen Preußischen (Kreuz-)Zeitung* geführt

1852 Im Auftrag seiner Dienststelle reist Fontane nach England und schreibt Artikel, die den Kern des späteren Buches »Ein Sommer in London« (1854) bilden. Im November wird die Schriftstellervereinigung »Ellora« gegründet, Bekanntschaft mit Theodor Storm

1853 Erkrankung (Tuberkulose-Verdacht) und Erholungsaufenthalte in Kränzlin und Letschin

1854 Mitarbeit am *Literaturblatt des Deutschen Kunstblattes*

1855 Auf Anregung des preußischen Gesandten in London, Graf Bernstorff, geht Fontane für den Aufbau einer Deutsch-englischen Korrespondenz nach England. Am 10. September beginnt sein mehrjähriger Aufenthalt in London

1856 Nach Einstellung der *Korrespondenz* bleibt Fontane als offizieller Presseagent der preußischen Regierung in London. Er schreibt Feuilletons für die *Vossische Zeitung* und Artikel für die *Kreuzzeitung.* Besuch in Berlin von August bis Oktober. Im November Geburt des Sohnes Theodor (gest. 1933)

1857 Emilie übersiedelt mit den Kindern nach London

1858 Im August Reise mit Bernhard von Lepel nach Schottland, aus den Artikeln stellt Fontane das Buch »Jenseits des Tweed« (1860) zusammen. Die sogenannte Neue Ära beginnt mit der Regentschaft von Wilhelm I. am 7. Oktober 1858. Fontane vertraut auf eine künftige Liberalisierung in Preußen und beendet seine Tätigkeit in London

1859 Im Januar kehrt die Familie nach Berlin zurück. Reise nach München. Die Familie zieht in die Potsdamer Straße 33. Erste Wanderungen im Märkischen. Umzug in die Tempelhofer Straße 51

1860 Geburt der Tochter Martha (gest. 1917). Im Juni Eintritt in die Redaktion der *Kreuzzeitung*

1861 Erscheinen des ersten Bandes der »Wanderungen durch die Mark Brandenburg« (»Die Grafschaft Ruppin«) und der »Balladen«. Das preußische Innenministerium bewilligt eine Unterstützung für Fontanes Arbeiten über die Mark Brandenburg, die bis 1868 gezahlt wird

1863 Familie Fontane zieht im April in die Alte Jakobstraße 171, im Oktober in die Hirschelstraße 14. Reise nach Hamburg, Swinemünde und weitere Ostseeorte

1864 Deutsch-Dänischer Krieg vom 1. Februar bis zum 30. Oktober 1864. Fontane ist wieder im Märkischen unterwegs. Im Mai und im September weilt er an dänischen Kriegsschauplätzen und berichtet für die *Kreuzzeitung*. Geburt des Sohnes Friedrich (gest. 1941)

1865 Arbeit am Buch »Der Schleswig-Holsteinische Krieg im Jahre 1864« (erschienen 1866). Reise mit Emilie an den Rhein und in die Schweiz

1866 Der Deutsche Krieg (auch Preußisch-österreichischer Krieg) vom 14. Juni bis 23. August. Fontane bereist Kriegsschauplätze in Böhmen. Reisebriefe vom Kriegsschauplatz erscheinen im *Deckerschen Fremdenblatt*

1867 Tod des Vaters im Oktober

1868 Reisen nach Thale im Harz und Schlesien

1869 Tod der Mutter im Dezember

1870 Fontane kündigt seine Stelle bei der *Kreuzzeitung* und unterzeichnet einen Vertrag als Theaterkritiker bei der *Vossischen Zeitung*. Am 19. Juli 1870 erklärt Napoléon III. den Krieg an Preußen. Fontane reist im Auftrag des Deckerschen Verlages nach Frankreich. Am 5. Oktober wird er verhaftet, auf Intervention Bismarcks am 24. November freigelassen und verfasst nach seiner Rückkehr das Buch »Kriegsgefangen. Erlebtes 1870«

1871 Am 18. Januar wird in Versailles das deutsche Kaiserreich proklamiert. Im April und Mai bereist Fontane erneut französische Kriegsschauplätze

1872 Arbeit am »Krieg gegen Frankreich 1870/71« (die sich bis 1875 fortsetzt). Der dritte Band der »Wanderungen« erscheint. Ein letztes Mal zieht die Familie um, Fontane lebt bis zu seinem Tod in der Potsdamer Straße 134 c

1874 Reise mit Emilie nach Italien

1875 Reise in die Schweiz, nach Italien und Österreich

1876 Am 6. März wird Fontane Ständiger Sekretär der Akademie der Künste in Berlin, am 2. August Entlassung. Wiederaufnahme der Arbeit am 1865 begonnenen Roman »Vor dem Sturm«

1878 Vorabdruck von »Vor dem Sturm«, im Oktober erscheint die Buchausgabe

1879 Vorabdruck von »Grete Minde« (Buchausgabe 1880)

1880 Am 6. Januar entsteht in Reaktion auf das Eisenbahnunglück in Dundee die Ballade »Die Brücke am Tay«
1881 Reisen für den Wanderungen-Band Spreeland. Buchausgaben »Ellernklipp« und »Schach von Wuthenow«
1882 Beginn der Arbeit an »Irrungen, Wirrungen« (Buchausgabe 1888)
1884 Vorabdruck und Buchausgabe »Graf Petöfi«
1885 »Christian Friedrich Scherenberg und das literarische Berlin von 1840 bis 1860«. Arbeit an »Cécile«
1887 Veröffentlichung von »Cécile«. Arbeit an »Fünf Schlösser« und »Unwiederbringlich«
1888 »Stine« im Manuskript abgeschlossen. Sohn Friedrich gründet den Verlag »Friedrich Fontane & Co.«, veröffentlicht »Stine« (1890) und alle weiteren Romane des Vaters
1889 Ende der Tätigkeit als Kritiker bei der *Vossischen Zeitung*
1890 Vorabdruck von »Quitt« und Buchausgabe
1891 Im April erhält Fontane den Schiller-Preis. Arbeit an den »Poggenpuhls« (1896) und an »Mathilde Möhring« (unvollendet, 1908)
1892 »Frau Jenny Treibel« erscheint. Schwere gesundheitliche Krise. Kur im Riesengebirge. Beginn der Niederschrift von »Meine Kinderjahre« (Buchausgabe 1894)
1893 Kur in Karlsbad (in den folgenden Jahren jährlich)
1894 Ehrendoktorwürde der Berliner Universität
1895 Arbeit an dem unvollendet gebliebenen Roman »Die Likedeeler«. Beginn der Arbeit an »Der Stechlin«. Buchausgabe »Effi Briest«
1896 Abschluss der Autobiografie »Von Zwanzig bis Dreißig« (erschienen 1898)
1897 Abschluss des »Stechlin« während der Sommerfrische im Augusta-Bad bei Neubrandenburg
1898 Fontane leidet an asthmatischen Beschwerden. Gemeinsamer Kuraufenthalt mit Emilie im Mai in Dresden. Im August reisen die Fontanes zu einem Kuraufenthalt nach Karlsbad, Fontane kehrt ohne Emilie nach Berlin zurück. Am 20. August stirbt Fontane
1899 »Der Stechlin« erscheint
1902 Am 18. Februar stirbt Emilie Fontane

Quellen

Theodor Fontane: Autobiographische Schriften. Hrsg. von Gotthard Erler, Peter Goldammer und Joachim Krueger. Berlin 1982

Theodor Fontane: Briefe. Hrsg. von Walter Keitel und Helmut Nürnberger. Frankfurt/M. und Berlin 1987

Theodor Fontane: Tagebücher 1852. 1855–1858. Hrsg. von Charlotte Jolles unter Mitarbeit von Rudolf Muhs. Berlin 1994

Theodor Fontane: Tagebücher 1866–1882. 1884–1898. Hrsg. von Gotthard Erler unter Mitarbeit von Therese Erler. Berlin 1994

Theodor Fontane: Wanderungen durch die Mark Brandenburg. Hrsg. von Gotthard Erler und Rudolf Mingau. Berlin 1998

Mete Fontane: Briefe an die Eltern 1880–1882. Hrsg. und erläutert von Edgar R. Rosen. Berlin 1974

Emilie Fontane / Theodor Fontane: Der Ehebriefwechsel. Hrsg. von Gotthard Erler und Therese Erler. Berlin 1998

Roland Berbig: Theodor Fontane Chronik. Berlin und New York 2010

Hermann Fricke: Theodor Fontane. Chronik seines Lebens. Berlin 1960

»Erschrecken Sie nicht, ich bin es selbst«. Erinnerungen an Theodor Fontane. Herausgegeben von Wolfgang Rasch und Christine Hehle, Berlin 2009

Ein gewisses Quantum Mumpitz. Anekdoten von Theodor Fontane. Gesammelt und aufgeschrieben von Werner Liersch. Berlin 1998

Eulenspiegel Verlag – eine Marke der
Eulenspiegel Verlagsgruppe Buchverlage

ISBN 978-3-359-01397-6

1. Auflage 2019

Umschlaggestaltung: Verlag, Karoline Grunske
Druck und Bindung: buchdruckerei.de, Berlin

www.eulenspiegel.com